착한 일 많이 하게
그대가 부처일세

고승열전 11 경허큰스님

착한 일 많이 하게
그대가 부처일세

윤청광 지음

우리출판사

윤청광

전남 영암 출생으로 동국대학교에서 영문학을 전공했고, MBC-TV 개국기념작품 공모에 소설 〈末島〉가 당선되었으며, MBC에서 〈오발탄〉〈신문고〉〈세계 속의 한국인〉등을 집필했다. 그 동안 대한출판문화협회 상무이사 · 부회장 · 저작권대책위원장 · 한국방송작가협회 이사 · 감사 · 방송위원회 심의위원을 역임했고, 〈불교신문〉 논설위원을 거쳐 현재 〈법보신문〉 논설위원, 법정스님이 제창한 〈맑고 향기롭게 살아가기 운동〉 본부장, 출판연구소 이사장을 맡아 활동하고 있다. BBS 불교방송을 통해 〈고승열전〉을 장기간 집필했고, ≪불교를 알면 평생이 즐겁다≫ ≪불경과 성경 왜 이렇게 같을까≫ ≪회색 고무신≫ 등의 저서가 있으며, 기업체 · 단체 연수회에 초빙되어 특강을 통해 '더불어 사는 세상'을 가꾸고 있다.

BBS 인기방송프로
고승열전 11 경허큰스님
착한 일 많이 하게 그대가 부처일세

2002년 10월 29일 개정판 1쇄 발행
2019년 9월 29일 개정판 4쇄 발행

지은이/윤청광
펴낸이/김동금
펴낸곳/우리출판사
등록/1988년 1월 21일 제9-139호
주소/03746 서울특별시 서대문구 경기대로9길 62
전화/(02)313-5047, 5056
팩스/(02)393-9696
E-mail/woribook@hanmail.net
www.wooribooks.com

ISBN 89-7561-182-5   03810

책값은 뒷표지에 있습니다.

· 지은이와 협의하여 인지를 붙이지 않습니다.
· 잘못된 책은 본사나 구입하신 서점에서 바꾸어 드립니다.

산은 날더러
산처럼 살라하고
물은 날더러
물처럼 살라하고
허공은 날더러
허공처럼 살라하고
바람은 날더러
바람처럼 살라하네

추천사

경허 선사(禪師)의 발자취를 따라

"세상과 다못 청산이 어느 것이 옳은가?
봄 광명 이르는 곳마다 꽃피지 아니한 곳이 없어라."
(世與靑山何者是 春城無處不開花)

이 한 구절의 시구(詩句)에 능히 역대불조의 안목을 저울질(秤)하고 천지를 삼키고 토하는 경허의 진면목, 산눈〔活眼〕이 있으니 이것이 무엇인고?

"돌계집 마음 속의 겁외가로다."
(石女心中劫外歌)

한말(韓末) 이 땅에 참다운 선법이 자취를 감추고, 불조의 혜명을 보존키 어려웠을 때 홀연히 일월(日月)과 같이 나타나 정법선맥을 계승하여 근역불교를 중흥시킨 이가 있었으니, 바로 경허대선사(鏡虛大禪師)이시다.

오늘날 선객이라 이름하는 이들 중에 그의 문손(門孫)이거나 직·간접적으로 영향을 받지 않은 이가 과연 몇이나 될것인가? 비유하건대 북극성이 제자리에 머물러 있으면 뭇 별〔衆星〕들이 그에게 향하는 것과 같은 것이다.

선사께서는 선(禪)의 생활화와 실천을 통해 선의 일대혁명을 이루었으며, 불조의 경지를 현실에서 몸소 구현하였던 대성자(大成者)이자 근세 한국불교의 중흥조(中興祖)이셨다.
　그에겐 행주좌와 어묵동정, 일체처, 일체시가 모두 선(禪)아님이 없는 출격대장부(出格大丈夫)이셨으니 가히 한국의 마조(馬祖)스님이라 이를 수 있을 것이다.
　이 책은 인간 경허의 길(道)이자 깨달음이요, 우리 모두의 거울과 같은 존재이다. 저마다 텅빈 거울에 자신을 비추어 보자. 거울에 나타나는 영상이 바로 경허요, 참된 부처의 진면목인 것이다.

　경허스님께서는 지금도 덕숭산(德崇山) 위에서 삼천세계를 할(喝)하시며 겁외가(劫外歌)를 그치지 않고 있나니, 누가 있어 그와 더불어 앙천대소하며(仰天大笑;하늘을 우러러 크게 웃으며) 제불조사를 꾸짖을 것인가!

　"할(喝)을 해서 토끼뿔을 여니 천둥소리 요란하고, 수많은 용과 고기는 푸른 하늘로 오르는구나!"
　(喝開兎角風雷殷　無數魚龍上碧天)

불기 2540년 늦가을
덕숭총림 수덕사
주지 金 法 長

차례

1
울지 않는 갓난아기 / 13

2
청계사의 봄 여름 가을 겨울 / 23

3
부들부들 떨고 있는 게 누구더냐? / 40

4
콧구멍 없는 소를 찾아라 / 53

5
공덕 돌아오길 바라는 시주는 홍정 / 76

6
마음의 눈으로 보고 마음의 귀로 들어라 / 95

7
홍주목사의 문초가 문답으로 / 105

8
마음속에 그만 품고 개울가에 버리거라 / 134

9
누구를 위한 49제더냐? / 148

10
발가벗은 경허 / 157

11
만공소년과의 만남 / 164

12
이만하면 단청공사가 제대로 되었구나 / 181

13
내 살을 베고 내 피를 내어 드리다 / 192

14
나를 때려라 / 205

15
여자를 내치지 않으면 나를 내쫓겠다고? / 225
16
소 등에 앉아서 무슨 소를 또 찾는고? / 237
17
법문은 술김에나 하는 것 / 245
18
안면도의 봄물이 푸르기가 쪽과 같구나 / 251
19
떠돌이 유생 박난주 / 259
20
천갈래 이는 회포 어찌 말로 다할 것인가 / 270
21
먹지 않는 소쩍새가 솥적다 한을 하네 / 282

1
울지 않는 갓난아기

　지금으로부터 백여 년 전인 1886년 5월 충청도 홍성땅의 어느 마을 앞.
　서산마루에 걸려 뉘엿뉘엿 지는 해를 뒤로 9척 장신의 스님 한 분이 무거운 바랑을 짊어진 채 휘적휘적 걸어오고 있었다. 이어 숨이 턱에 차서인지 씩씩대며 뒤따르는 젊은 탁발승이 있었다. 해인사에서 돌아와 천장암에 머물고 있던 스님은 궁핍한 절 살림을 보다못해 오늘 탁발을 나왔는데, 숨이 차 올라 씩씩대는 젊은 탁발승은 앞서가는 스님을 소리쳐 불렀다.
　"아이고, 스님, 스님."
　"허허 부지런히 걷기나 할 것이지 왜 자꾸 나를 부르는고."
　"아이고, 아이고 스님, 제발 좀 천천히 걸으십시오."
　긴 장삼 자락을 펄럭이며 앞서는 스님의 뒤를 따르던 젊은 탁발승은 땅바닥에 털썩 주저앉고 말았다. 멀리서는 한가로운 소 울음소리가 들리고 저녁 짓는 연기가 집집마다 뽀얗게 흩어지고 있었다.
"흐유! 아니 스님은 바랑에 가득 찬 곡식이 무겁지도 않으십니까?"
"그렇게 무거우면 벗어놓고 가지 그러는가?"
"원 스님도, 아 이 곡식을 어떻게 탁발한 건데 버리고 갑니까? 잠시만 쉬었다 갔으면 합니다. 스님."
"이렇게 꾸물대다가는 필경 저녁 공양 전에 절에 당도하지 못하게 되네. 어서 일어나게!"
"그까짓 저녁 공양 한끼, 늦었다고 굶으라면 굶겠습니다."
젊은 탁발승은 9척 거구의 스님이 성큼성큼 내딛는 발길을 쫓을 수 없었다. 게다가 탁발을 하느라 하루내 돌아다닌 탓으로 지쳐 바닥에 두 다리를 뻗고 앉은 젊은 탁발승은 팔다리를 두드린다, 제 어깨를 주무른다, 고개를 오른쪽으로 돌렸다, 왼쪽으로 돌렸다 하는 모습이 차라리 처량해 보였다.
"허허 이 사람, 중 만들기 힘들겠군 그래."
스님은 젊은 탁발승의 투정에 아랑곳없이 걸음을 재촉하였다.
"아이고 스님, 그렇다고 혼자 가시면 어떡합니까?"
"저기 저 마을 앞에 우물이 있지? 거기까지만 가면, 내 무겁지 않게 해줄 것이니 어서 따라 오게."

스님은 벌써 저만치 앞서고 있었다.

젊은 탁발승이 끙끙대며 일어서서 바랑을 멨다. 우물 앞까지만 가면 무겁지 않게 해주겠다는 스님의 말씀에 잔뜩 기대를 걸고 그 뒤를 쫓기 위해 탁발승은 냅다 뜀박질을 하였다.

그때 마을 앞 우물에서 서른 살 가량이나 되었을까 싶은 시골 아낙네가 머리에 물동이를 이고 이쪽으로 걸어오고 있는 게 보였다. 뒤도 돌아보지 않고 앞서가던 스님은 아낙을 보더니 문득 걸음을 멈췄다.

"잠깐만 실례하겠소이다."

"예? 저 말씀이신가요? 스님."

물동이를 머리에 인 아낙이 간신히 걸음을 멈추고 고개를 돌리는 순간, 스님은 느닷없이 달려들어 두 손으로 여자의 얼굴을 감싸쥐고 입을 맞추었다.

"아이구머니나!"

여자의 비명과 함께 물동이가 땅에 떨어지면서 박살이 났다. 놀란 여자가 그 자리에 쓰러져버리니 마을에서는 난데없는 소동이 벌어졌다. 여자의 비명을 듣고 우물 근처 들판에서 일하던 동네 사람들이 바라보니 깨진 물동이 옆에 울고 있는 여자와 멀리 단걸음에 내치고 있는 스님이 보였다.

동네 사람들은 손에 집히는 대로 몽둥이며 괭이를 들고 몰려들었다.

"저놈들 잡아라! 저놈들 잡아!"
 "저놈들이 부녀자를 희롱했다! 저놈들 잡아라!"
 손에 몽둥이를 들고 흥분하여 쫓아오는 동네 사람들의 무리를 보자 젊은 탁발승 역시 스님의 뒤를 쫓지 않을 수 없었다. 만에 하나라도 잡히는 날에는 몰매를 맞을 것은 물론이고 '네 놈들이 중놈이냐'는 소리를 들을 게 뻔했다. 한참을 죽어라 하고 정신없이 도망치다 보니 젊은 탁발승은 이미 마을을 지나 있는 자신을 발견하였다. 어느 틈엔지 산길로 접어들고 있었다. 더이상 뒤쫓는 마을 사람들도 없었고 산속의 고요와 적막만이 가득할 뿐이었다. 젊은 탁발승은 가쁜 숨을 고르며 소매 끝으로 이마의 땀을 훔치고 있었다. 그런데 그때 바로 이 소동을 일으켜 놓고 먼저 달아난 스님이 저만치서 젊은 탁발승을 내려다보며 웃고 있었다.
 "허허 자네도 용케 붙잡히지 않았군, 그래."
 "아니 스님, 그게 대체 무슨 짓입니까? 속인도 해서는 안될 짓을 출가한 승려가! 몽둥이로 맞아 죽어도 쌀 일 아닙니까?"
 "그래, 자네 말이 백번 옳으이. 그런 짓을 하다가는 백번 천번 몽둥이 맞아 죽어도 싸지. 그런데 자네, 죽어라 하고 도망쳐 올 적에도 등에 진 바랑이 그렇게 무겁던가?"
 "예에? 아니 스님, 그럼?"

　우리나라에 불교가 들어온 지는 실로 1,600년, 삼국시대였으니 그동안 한국불교는 이 나라 이 민족의 정신적 지주로서 찬란한 민족문화를 꽃피워왔다. 뿐만 아니라 한국 불교는 그 장구한 세월 동안 덕 높으신 스님들을 수없이 배출해 세상이 어지럽고 어려울 때마다 큰 스님의 큰 가르침을 통해 고달프고 힘든 세상을 늘 바로잡아 주었다. 원효대사, 의상대사, 자장율사, 도선국사, 보조국사, 서산대사, 사명대사…… 우리나라 불교계의 거목들은 일일이 다 헤아릴 수도 없이 많고 많다. 그러나 조선 왕조 5백년 동안 배불정책이 기승을 부리면서 조선 불교는 그 찬란한 기백을 잃고 쇠락의 길을 걷게 되었다.
　교리 탐구와 좌선에만 매달리는 산속에 갇힌 불교로 전락, 겨우겨우 명맥을 유지하던 차에 홀연히 나타난 거목이 있었다.
　9척 장신의 거구로 물동이를 이고 가는 아낙에게 입맞춤을 하고 달아난 경허가 바로 그 거목이며 젊은 탁발승은 그의 제자 만공이다.

　지금으로부터 140여년 전인 1849년 음력 8월 스무나흗날, 경허는 송두옥 씨와 밀양 박씨 부인의 둘째 아들로 전라북도 전주 자동리라는 마을에서 태어났다. 아버지 송두옥은 사대부의 전통을 이어받은 몰락한 양반의 후손으로 가난하지만 양반의 체통과 가문의 영욕을 중요시하던 인물이었다. 위로 아들 하나를 두고 둘째를 잉태하였으나 부모의 마음은 첫째를 볼 때와 다름없이 기대와 흥분으로 가득차기 마련이다. 드디어 산달이 되어 태어난 아이는 건강한 사내아이. 그러나 둘째 아들을 얻은 기쁨도 잠깐, 아이는 태어난 지 사흘이 지나도록 울지를 않았다.

"무엇이라고? 아기가 태어난 지 사흘이 지났는데도 울지를 않는단 말이냐?"

"예."

하인은 아기가 울지 않는 게 제 잘못이라도 되는 양 몸둘 바를 모르며 어쩔 줄 몰라 하고 있었다.

"허허 대체 이게 무슨 변고인고? 태어난 지 사흘이 지나도록 울지 않는다니, 그럼 혹시 아기가 벙어리란 말이냐?"

"아, 아니옵니다."

"벙어리가 아니면 어찌하여 울지를 않는다더냐?"

"글쎄, 저도 그 까닭은 잘 모르겠사옵니다."

시름에 잠긴 부모는 땅이 꺼지도록 깊은 한숨을 내쉬었고 열 달을 뱃속에 품어 난 박씨는 남몰래 베갯잇을 적실 뿐이었다. 이틀이 지나고 사흘이 지나도록 울지 않는 아이, 하늘을 원망하고 땅을 원망해도 아기의 울음소리는 들리지 않았다. 하루하루 부모의 애가 타는 가운데 날이 저물고, 또 날이 밝곤 하였다.

어머니 박씨의 젖을 빠는 아이는 하루가 다르게 힘을 더했으나 그뿐, 아이는 울지 않았다. 그런데 나흘째 되는 날 아침, 아이

는 뒤늦게 큰 울음을 터뜨렸다.
"응에, 응에―."
"아니, 아기가 울어요. 아기가."
 어느집 아이보다 더 크고 힘있는 울음소리였다. 아기가 울음을 터트리자 비로소 마음을 놓은 어머니 박씨는 기쁨의 눈물을 흘렸다. 부모는 물론 울지 않는 아이를 지켜보며 수근대던 이웃들도 모두 안도의 한숨을 내쉬었다.
 태어나자마자 부모의 애를 태웠던 경허는 가난하지만 부모의 사랑을 듬뿍받으며 건강하게 자랐다. 그러던 어느해 탐관오리들에게 억울한 세금을 빼앗긴 아버지가 화병으로 병석에 눕게 되었다.
 그도 그럴 것이 조선 왕조는 24대 헌종이 스물세 살의 젊은 나이로 세상을 뜨자 강화도에서 나뭇꾼 노릇을 하던 강화도령 이원범이 하루 아침에 왕위에 올랐다. 그가 바로 철종이다. 형편이 이렇다보니 조정은 조정대로 지방 관리는 관리대로 가렴주구가 일이었다. 예나 지금이나 부패한 권력으로 병드는 것은 힘없는 백성들, 백성들은 호랑이보다도 관리들을 더 무서워하였다.
 지방 관아에서 거둬 들이는 세금의 종류가 스물네 가지, 조정에서 직접 거둬 들이는 세금이 세 가지, 조정에서 감사에게, 감사가 다시 지방 관리를 시켜 징수하는 세금의 종류가 또 쉰두 가지, 모두 합치면 백 가지도 넘는 명목으로 백성들의 재산을 빼앗아갔으니 화병을 얻어 앓는 일은 예삿일이기도 하였다.
　시름시름 앓던 아버지는 어머니의 지극한 간병도 소용없이 세상을 뜨고 말았다. 경허의 나이 여덟 살 때였다.
　그 이듬해, 평소 깊은 불심을 지니고 있던 박씨는 두 아들을 출가시키기로 결심하였다. 맏아들 태허를 출가시켜 득도케 한 후 둘째 아들 경허가 자라면 형의 뒤를 이어 불문에 들게 할 작정이었다. 그러나 막상 가난한 살림에 집안의 기둥이던 남편이 죽고 마음의 의지처로 삼던 큰아들마저 출가시켜버리자 박씨는 막막한 심경이었다.
　먹고 살길이 어려워진 경허의 어머니 박씨는 고향을 떠나기로 하였다. 오랜 생각 끝에 마음을 굳힌 어머니 박씨의 손에 이끌린 경허는 정든 고향을 떠나게 되었다. 박씨는 둘째인 경허를 불문에 들게 하고 자신은 남은 여생을 부처님께 의지하면서 공양주 보살로 지낼 계획이었다.
　남다른 불심으로 큰아들을 출가시킨 어머니 박씨였다. 그러나 경허를 불문에 들게 하려는 박씨의 마음은 착잡하기 그지없었다. 어머니 박씨에게도 경허에게도 두 사람은 단 하나 남은 세속의 연이고 혈연이었기 때문이다.
　마냥 어리광만 피우는 것 같더니 어느새 제법 홀로 된 박씨를 이해하는 듯 의젓하고 어른스러운 아들 동욱, 불문이라고는 하지만 아직 아홉 살밖에 되지 않은 어린 아들을 떼어 놓기까지

　어머니 박씨는 몇 날 며칠 음식을 입에 대지 못하고 밤이면 잠을 이루지 못한 채 뒤척이곤 하였다.
　불문에 들기 위한 경허의 인연은 이미 전생으로부터 시작된 것이었을까.
　마침내 어머니 박씨는 행장을 꾸려 어린 아들과 집을 나섰다.
　"어머니 이쪽으로 오세요."
　"그래, 으이구, 무슨 산길이 이렇게두 가파른지 원."
　고향에서 한양으로, 다시 한양에서 경기도 청계산으로 한 나절이 넘게 걸은 모자는 산길 모퉁이에 주저앉았다.
　"애야, 너 지금 우리가 누굴 찾아가는지 궁금하지?"
　"다 알고 있어요. 어머니. 어제 밤 한양에서 잘 때 아버님 친구 분이 어머니한테 그랬잖아요. '이 애는 걱정말고 청계사에 맡기십시요' 하고……."
　"그래, 그 길밖에는 달리 방도가 없다는구나."
　말을 마친 어머니가 길게 한숨을 쉬었다.
　"우리집은 부처님하고는 아주 인연이 깊은 집안이다. 돌아가신 네 할머니도 불공드리는 데는 지극 정성이셨구…… 그래서 네 형이 머리깎고 스님되는 걸 말리지 않으셨다."
　"그럼 형은 이제 진짜 스님이 된 거란 말이예요? 지난 번에 어머니랑 같이 갔을 때에는 머리도 안깎았었는데?"
　"그거야 행자 시절이지. 이제는 머리도 깎고 계도 받고 가사

장삼도 다 입었는 걸."
 "그럼 어머니, 저도 형처럼 스님이 되는 거예요?"
 "아 아니, 네가 꼭 스님이 되라는 건 아니구. 아 그리구, 되고 싶다고 해서 아무나 다 스님이 되는 건 아니란다. 스님될 복을 타고 나야 스님이 되지."
 어머니는 경허를 불문에 들게 한 후 자신도 절에 들어가 공양주 보살로 여생을 보내리라 마음 먹었으나 막상 경허가 스님이 되는 거냐고 묻자 모자지간의 정을 뗄 일이 아득하기만 하였다. 차라리 엄마 곁을 떨어질 수 없다고 울면서 떼라도 쓰기를 바라는 마음은 아니었을까.
 어머니는 자리를 털며 나지막이 한숨을 쉬었다.
 "자, 이제 좀 쉬었으니 그만 가보자꾸나. 그나저나 스님한테 퇴짜나 맞지 않아야 할텐데……."
 "퇴짜가 뭔데요 어머니?"
 "일 없으니 딴데나 가보시오, 이러실까봐 걱정이구나."
 어린 경허는 얼마 전까지만 해도 자신과 친구 삼아 놀던 형이 스님이 됐다는 게 믿어지지 않았다. 그러나 형이 스님이 됐다고 생각하니 여간 든든한 게 아니었다.

2
청계사의 봄 여름 가을 겨울

 어머니 박씨와 경허, 그렇게 모자가 찾아간 절이 경기도 시흥 청계산에 자리잡은 청계사, 청계사는 유서 깊은 사찰로 고려시대에는 왕사로 지정될 만큼 번성했던 곳이다. 그러나 조선조에 들어서면서 시작된 배불정책으로 전국의 사찰은 점점 퇴락해갔는데 청계사 역시 그중의 하나였다.
 청계사에는 나이 많은 계허라는 스님이 있었다.
 1857년, 아홉살의 경허는 한창 재롱이나 부릴 나이에 청계사 계허스님 밑에서 행자 생활을 시작하게 되었다. 어머니 박씨가 경허의 형 태허스님이 있는 연암산의 천장암으로 돌아가자 경허는 완전히 혼자가 되었다.
 산에 가서 땔나무를 해야 하고 물 긷고 밥을 지어야 하는 것은 물론 빨래, 청소 심지어는 땅파고 씨뿌리는 농사일까지 감당

해야 하는 힘들고 어려운 일이었다. 경허는 새벽 세 시에 일어나 밤 아홉 시 잠자리에 들 때까지 그야말로 잠시 허리 펼 시간조차 없었다. 그러나 어린 경허는 힘든 줄을 몰랐다.

문득문득 어머니와 형이 보고 싶기도 했지만 경허를 귀여워해 주고 돌봐주는 스님들이 있었고 친아버지 같은 계허스님이 있었다. 그리고 법당에 들어가 앉으면 언제고 자비로운 부처님이 경허를 내려다보고 있었다. 법당을 청소할 때나 백팔 배를 할 때면 더욱더 힘이 나곤 하는 경허였다.

틈틈이 짚신을 엮는 것 역시 경허의 남다른 즐거움이었다. 언젠가 짚신을 삼다가 아버지에게 들켜 천한 일을 한다고 두들겨 맞은 이후 경허는 짚신 삼기를 그만 두었다. 그러나 아버지를 여의고 어머니마저 떠난 지금 경허의 짚신 삼기를 나무라는 사람은 없었다. 오히려 한양을 오가며 들르는 사람들의 발에 맞춘 듯 딱 맞는 짚신을 건네 받은 사람들은 경허에게 고마움을 전하였다.

청계사에 머무는 동안 경허는 계허스님을 친아버지처럼 따랐으며 2년여의 고된 행자 생활 끝에 스승 계허스님에게서 사미계를 받게 되었다.

"첫째, 목숨이 다하도록 생명있는 중생을 죽이지 말라, 이것을 지키겠느냐?"

"예, 받들어 지키겠습니다."

"둘째, 목숨이 다하도록 남이 주지 않는 물건은 훔치지 말라, 이것을 지키겠느냐?"

"예, 받들어 지키겠습니다."

"셋째, 목숨이 다하도록 음행하지 말라, 이것을 지키겠느냐?"

"예, 받들어 지키겠습니다."

"넷째, 목숨이 다하도록 거짓말을 하지 말라, 이것을 지키겠느냐?"

"예, 받들어 지키겠습니다."

"다섯째, 목숨이 다하도록 술을 마시지 말라, 이것을 지키겠느냐?"

"예, 받들어 지키겠습니다."

"여섯째, 목숨이 다하도록 꽃다발을 쓰거나 향을 바르거나 화장하지 말라, 이것을 지키겠느냐?"

"예, 받들어 지키겠습니다."

"일곱째, 목숨이 다하도록 노래하고 춤추고 풍류를 잡히지 말고 구경도 하지 말라, 이것을 지키겠느냐?"

"예, 받들어 지키겠습니다."

"여덟째, 목숨이 다하도록 높고 넓은 큰 평상에 앉거나 명주나 비단 이불을 사용하지 말라, 이것을 지키겠느냐?"

"예, 받들어 지키겠습니다."

"아홉째, 목숨이 다하도록 때 아닐 때에 먹지 말라, 이것을 지키겠느냐?"
 "예, 받들어 지키겠습니다."
 "열째, 목숨이 다하도록 금은 보물을 가지지 말라, 이것을 지키겠느냐?"
 "예, 받들어 지키겠습니다."
 "자, 이제 너는 어김없이 부처님 제자가 되었느니라. 부처님의 제자가 된다는 것은 계명을 지켜 불법을 수호함은 물론 부처님의 자비를 일으켜 일체 중생을 제도함을 일컫는 것이니 한치의 어긋남도 있어서는 안되느니라. 알겠느냐?"
 "예, 알겠습니다."

 이렇게 해서 사미승이 된 경허, 이제야 비로소 불문에 들어 부처님 제자가 된 듯 경허는 가슴 가득 차오르는 기쁨을 느꼈다.
 '아! 나도 이제 형처럼 그리고 주지 계허스님처럼 부처님 제자가 되는 거구나.'
 깊은 뜻을 담은 경허의 눈이 반짝이고 있었다.
 그러나 한편 경허는 걱정이 태산 같았다. 스님 노릇을 제대로 하자면 우선 목탁을 칠 줄 알아야 하고 독경도 제대로 할 줄 알아야 할텐데 스승인 계허스님은 일만 고되게 시킬 뿐이었다. 게다가 글이라곤 따로 배워본 적이 없으니 경전을 보고 배울 수도 없는 딱한 처지였다.

하루는 어린 경허가 법당 안에서 스님이 독경하는 것을 몰래 엿듣고 있었다. 그렇게라도 해서 배우고 싶은 마음이었다. 그런데 마침 불공을 드리러 법당으로 들어가려던 어느 보살이 이를 목격하게 되었다.

"아니, 동자스님, 법당 문에 귀를 바짝 갖다 대고 뭘하고 계시는 겁니까?"

"아, 네. 저 스님이 독경하는 걸 잘 들어두었다가 나도 배우려구요."

"원 참 동자스님도, 아, 독경이야 글로 배우셔야지, 귀동냥가지고 배워지나요?"

"글로 배우다니요?"

"아 거 왜 있잖아요? 하늘 천 따지 하는 천자문. 그것만 배우면 독경 배우기야 식은 죽 먹기 아니겠어요?"

딱하다는 듯 경허를 유심히 쳐다보던 보살은 걸음을 떼다말고 다시 멈춰섰다.

"참 동자스님, 아, 저 객실에 글공부하는 박처사 모르셔요? 박처사한테 가셔서 하늘 천 따지를 가르쳐달라고 해보세요. 듣자하니 글공부를 어떻게나 많이 했는지 웬만한 건 짜르르 하대요."

어떻게 보면 우리네 인생은 사람을 잘 만나느냐 잘못 만나느냐에 따라 달라진다 해도 틀린 말이 아니다. 만약 나이어린 사미승이었던 경허가 박처사라는 선비를 만나지 못했더라면 경허가 이토록 큰스님이 되지는 못했을는지도 모른다. 스승 계허스님처럼 청계사에 비승비속의 야인으로 머물거나 환속하여 비산비야의 속인이 되었을지도 모를 일이었다.

경허의 나이 열네 살, 1862년 여름이었다. 이름은 알려진 바 없이 박처사라고만 알려진 백면 서생 하나가 한여름을 지내기 위해 휴양차 청계사에 머무르게 되었다. 그는 하루내 객실에 머물며 글공부를 하고 있었는데 몇몇 스님들만 살고 있던 청계사에 손님이 든 것도 경허에게는 반가운 일이었지만 박처사가 낭랑하게 읽어내리는 글소리를 듣노라면 왠지 가슴이 설레이던 터였다. 그런데 독경을 배우려면 글공부를 해야 한다는 보살의 말을 들은 이후 경허에게 박처사가 글을 읽어내리는 소리는 더욱더 예사로운 것이 아니었다.
　'글을 배워야 한다!' 그러나 글을 배우기 위해 무엇을 어떻게 해야 하는지 경허에게 어떤 가늠이 있을 수 없었다. 하지만 뜻이 있으면 길이 있는 법이다. 하루는 박처사가 조용히 경허를 불러 앉혔다.
　"그래, 어떠냐? 나한테 글공부를 배워볼 생각이 있느냐?"
　경허는 가슴이 벅차오르는 것을 느꼈다.
　"예. 기꺼이 온힘을 다해 배우겠습니다."
　이로써 경허의 글공부가 시작되었다.

생전 글공부라고는 한 적이 없는 경허는 하늘 천 따지부터 시작한 첫날 이미 그 총기를 나타내 박처사를 놀라게 하였다. 그러잖아도 박처사는 이전부터 어린 사미승 경허를 눈여겨보고 있었다. 경허는 절 안의 살림을 도맡아 하면서도 얼굴 한번 찡그리는 일이 없었다. 저녁 공양 후에는 늘 법당에서 혼자 백팔 배를 하는 것을 박처사는 지켜보았다.

경허의 근기가 보통이 아니구나 하는 생각에 박처사는 안타까움을 가지고 있던 터였다.

"자 그럼 나하고 글공부한 지 여섯달이 넘었으니 이번에는 이 불경을 읽고 뜻풀이를 해보실까?"

"무슨 경인데요?"

박처사가 책장을 넘기며 말하였다.

"이게 바로 원효대사가 말씀해 놓으신 발심수행장인데……"

"발심수행장……?"

"자 여기서부터 뜻풀이를 해보거라."

"오늘 하루, 오늘 하루
나쁜 짓은 많이 해도
내일 내일 미루면서
착한 일은 하지 않네.
금년 일년, 또 일년을

번뇌 속에 한량 없고,
내년으로 밀고 밀어
보리 정진 못하도다."
 단숨에 읽어 치운 경허가 뜻풀이를 하였다. 박처사는 내심 탄복을 금치 못하였다. 원효의 발심수행장은 체계적으로 경전 공부를 하지 않은 경허에게 벅찬 것이었다. 그런데 경허는 망설이는 법도 없이 단숨에 읽어치우고 뜻풀이를 했던 것이다.
 "그래, 어디 더 해 보아라."
 "찰라 찰라 시간 시간
낮과 밤이 잠간 흘러
하루 하루 번개처럼
보름 한달 훌쩍 가니
한달 한달 쉬지 않고
홀연 일년 지나가서
한해 두해 거듭하여
문득 죽음 닥쳐오네."
 "허허 이것 참 귀신이 곡할 노릇이네!"
 "왜요?"
 "허허 내 사십 평생에 이렇게 영특한 놈은 처음 본다, 처음 봐!"
 "박처사님!"

"왜?"
"말씀이 좀 지나치십니다."
"아니, 말씀이 지나치다니?"
박처사는 당돌하다 싶은 경허의 말도 대견하였다.
"소승 비록 나이는 어리나 사미계를 받은 출가사문이온데 처사께서 영특한 놈이라 하시니 지나치지 않습니까?"
"허허, 그것 참 말씀을 듣고보니 지당하신 말씀입니다, 스님."
경허의 말을 들은 박처사가 크게 웃자 경허도 무안한 듯 따라 웃었다.
"하하하하……"
청계사에 있으면서 박처사라는 선비를 만난 경허는 그야말로 고기가 물을 만난듯 신이 나서 글공부에 열심이었다. 한자를 가르치면 열자를 알고 열자를 가르치면 백자를 아는지라 글을 가르치던 박처사도 탄복할 지경이었다. 천자문은 물론이고 동문선습, 사서삼경을 다 배우고 나니 어떤 글자를 가리켜도 모르는 글자가 없고 어느 대목을 물어도 막힘이 없었다.

계허스님은 경허가 박처사에게 글공부하는 것을 알고 있으면서도 내색을 하지 않았다. 경허의 영특함을 보아서는 글공부를 시켜야 할 것도 같았으나 도를 닦고 이루는 데 공부는 오히려 걸림이 될지 모른다는 생각과 함께 식자우환이라는 부정적인 생각 또한 가지고 있었던 것이다.
 그러나 스승으로서 언제까지 모르는 척하고 있을 수는 없었다. 어느날 계허스님이 경허를 불러 앉혔다.
 "그동안 박처사에게서 글을 많이 배웠다고 하던데 공부하기가 어떻던고?"
 "예, 저……"
 "재미있더냐?"
 "예."
 "그래? 그럼 그동안 공부가 얼마나 늘었는지 어디 한번 내 앞에서 외워보아라."
 "예, 저 그런데……"
 "아무 대목이라도 좋으니 어디 한번 외워봐."
 "예, 대학지도는 재명명덕하고 재어재친하며 지어지선에 있느니라."
 "허허, 아니 그건 대학에 나오는 귀절 아니냐?"
 "그러하옵니다. 스님."
 "허허, 이런 엉뚱한 녀석을 봤나, 아니 그래 삭발 출가했으면 중노릇하는데 소용되는 공부를 해야지 밥은 절밥을 먹고 공부는 유학 공부를 해?"
 "…… 유학이라니요?"
 "아, 이 녀석아, 부처님 가르침을 글자로 적어놓은 것이 불경

이요, 공자 맹자 가르침을 글자로 적어 놓은 것이 바로 유교의 경전인데 넌 그래 부처님 공부는 하지도 않고 공자왈 맹자왈만 배웠단 말이냐?"

그러나 글공부하는 재미에 빠진 경허는 배움 자체만으로도 소중해 그것에는 생각이 미치지 못하고 있었다.

"잘못 되었습니다, 스님."

"기왕에 공부를 하려거든 이제부터는 불경 공부를 하도록 해라, 알겠느냐?"

"예, 스님."

그러나 청계사에서는 불경을 공부할 기회가 없었다. 박처사는 유학에만 통달했지 불교 경전에 대해서는 별로 아는 것이 없는 선비였고 계허스님은 경허를 가르칠 만한 능력이 모자랐던 것이다.

아침 저녁으로 기온이 내려가고 선선해지면서 어느새 청계산에도 가을이 왔다. 하루는 박처사가 조심스레 경허를 불렀다.

"동욱이 자네, 주지스님 소문 들었는가?"

"주지스님 소문이라니요?"

"쉿! 아무래도 이 절에 변고가 생길 모양이야."

"무슨 변고요?"

"주지스님이 아무래도 환속할 모양이야……."

"환속을요? 아니 왜요?"

"그거야 낸들 어찌 알겠나? 자네하고 나도 이젠 헤어져야 할 때가 된 모양일세."
"아니 그럼?"
"새로운 주지스님이 오면 나같은 객식구를 떠맡으려고 하시겠나?"
"그럼 저는요?"
"글쎄, 그야 모르지. 있으라고 할런지 떠나라고 할런지……."
박처사가 먼산을 바라보며 길게 숨을 내쉬었다. 자신의 거처도 쉬이 정할 수 없는 입장이었지만 큰 재목으로 자랄 수 있는 경허의 앞날에 대한 안타까움이 박처사의 마음에 그늘을 만들고 있었다.
가을이 깊어지면서 청계사에 머물던 박처사가 떠나게 되었다. 그런 중에 경허의 글공부는 하루도 빠짐없이 계속 되었는데 박처사가 떠날 때쯤에는 더 이상 가르칠 게 없었다.
박처사는 청계사를 떠나기 앞서 계허스님을 만났다. 경허의 비범함을 일러 알리고 큰 법기로 키우기 위해서는 주지스님이 환속하기 전에 경허를 청계사에서 떠나보내도록 설득하기 위해서였다.
박처사가 떠난 자리는 생각보다도 훨씬 넓었다. 그도 그럴 것이 박처사가 청계사에 머무는 동안 까막눈 경허가 글을 배우고 하나를 가르치면 열을 아는 제자를 둔 스승의 정을 고스란히 받

았던 것이다. 절이 텅빈 듯 허허로운 마음이었지만 경허는 더 열심히 절을 하고 불경을 외우고 공부를 하였다.

박처사가 청계사를 떠난 얼마 후 어느날이었다. 방안에서 불경을 외우고 있는데 경허를 찾는 보살의 목소리가 들렸다.

"저 동욱스님, 거기 계세요?"

"아니, 저 여기있습니다. 보살님."

"아, 방에 계셨어요. 주지스님이 좀 오라고 하시는데요."

"저를요?"

"예. 기다리고 계셔요. 얼른 가보세요."

경허는 주지스님 앞에 큰절을 세번 올린 후 무릎을 꿇고 앉았다. 그러나 한동안 주지스님은 굳게 닫은 입을 떼지 않았다. 이전부터 경허의 비범함을 깨달아 알고 있던 스님이었지만 쉽게 마음을 정하지 못하던 차였다.

오랜 생각 끝에 주지스님은 박처사가 청계사를 떠나며 당부한 대로 큰 결심을 하게 되었다.

"동욱아."

"예."

"너도 그동안 들어서 알고 있겠지만 내가 삭발 출가하여 산문에 들어온 지도 20년이 넘었다. 헌데 나는 다른 스님들처럼 면벽수행을 해 도를 깨치지도 못했고 그렇다고 절살림을 잘 살아서 번듯한 절간 하나 세우지도 못했다. 말하자면 중다운 중노릇을 제대로 해오지 못했다."
 "하오나 스님……."
 "내 아무리 생각을 해보아도 나는 역시 불도를 이루고 중생을 제도할 그런 그릇이 못되는 것 같다. 그래서 내 결심하기를 부처님께 더이상 죄를 짓기 전에 그만 속퇴해서 늙으신 부모님께 그동안 못한 효라도 할까 한다."
 "아니, 그럼 스님?"
 "그동안 박처사로부터 너의 총명함에 대해서는 누누히 들었다. 이대로 썩히기는 아까운 아이라고 박처사가 늘 걱정을 했느니라. 내 보기에도 넌 아까운 아이이고."
 "아, 아닙니다. 과분한 칭찬이십니다."
 "내 이제 속세로 돌아가는 마낭에 달리 널 도와줄 방도가 없어 이 편지를 써두었다."
 주지스님이 경허 앞으로 편지를 내밀었다.
 "이 편지를 가지고 충청도 계룡산 동학사에 계시는 만화스님께 올려라. 만화스님으로 말씀 드릴 것 같으면 우리나라에서는 뵙기 어려운 경학의 으뜸이시니 그 스님 문하에 들어가서 제대로 공부하면 장차 큰 그릇이 될 수 있을 것이다."
 "스님."
 "다만 한가지, 너를 받아주고 아니 받아주고는 만화스님께 달린 일이니 그리 알고 가거라. 내 말 알아 듣겠느냐?"

"예, 스님."

만화스님은 당대 제일의 강백으로 계허가 금강산 건봉사에 머물르고 있을 때 사귄 이후 오랜 도반이었다. 계허스님은 만화스님에게 경허를 맡기면 경허의 그릇대로 거두어 큰 재목으로 만들 것을 의심치 않았다.

만화스님이 머물던 동학사는 당시 전국의 승려들을 상대로 강원이 열려 납자들이 구름같이 몰려들던 명찰이었다. 만화스님은 그곳에서 뛰어난 강백으로 큰 명성을 얻고 있었다.

이렇게 해서 열네 살의 사미승 경허는 청계사를 떠나게 되었으니 아홉 살의 어린 나이에 어머니 박씨의 손을 잡고 청계사에 들어온 지 5년 만의 일이었다.

경허는 절문을 나서기 위해 부처님과 스승 계허스님께 삼배를 하였다. 그리고 경내의 구석구석을 일별하였다. 어머니 박씨와 절문에 들어서던 일, 어머니 박씨가 자신만 놓아둔 채 떠나갔던 일, 박처사를 만나 글을 깨우치고 공부를 시작한 일, 행자생활을 끝내고 스승 계허로부터 사미계를 받은 일 등, 지난 5년 동안의 일이 주마간산처럼 경허의 눈앞을 스치고 지나갔다.

계허스님이 써준 서찰과 여비, 주먹밥 몇 개를 넣은 걸망을 메고 청계사를 떠나기 위해 절문을 나설 때였다.

"아니구 스님, 스님 거기 잠깐 서세요."

다급하게 달려 경허를 부른 사람은 청계사의 신도였다. 얼마

전 경허가 청계사를 떠나게 되었다는 소식을 듣고 달려온 것인데 다행히 길이 어긋나지 않았던 것이다.
"아니 무슨 일이십니까? 보살님?"
"아이구 세상에 저 멀고 먼 충청도까지 스님 혼자 어떻게 가신대요 그래?"
"염려 마십시오. 가다가 쉬고 가다가 쉬고 그러면서 갈 거니까요."
"저 이거, 시루떡하고 누룽지, 창호지에 둘둘 말아왔구먼요. 바랑에 넣어드릴테니 가다가 시장하시면 잡수면서 가세요."
"이런 걱정은 안하셔도 됩니다. 보살님."
"에이그, 아 나도 스님 덕분에 복 좀 지읍시다. 자 이젠 됐어요. 어서 떠나세요."
"고맙습니다. 보살님! 성불하셔요."
"스님, 성불하셔요!"
합장을 하고 인사를 하였으나 경허의 발길이 떨어지지 않았다. 산문을 나서자 경허의 눈시울이 붉어졌다. 불현듯 눈물이 샘솟아 흐르면서 경허의 소매끝은 축축해지고 말았다. 새로운 세계를 찾아 첫발을 딛는 두려움과 호기심도 아버지처럼 따르던 계허스님 곁을 떠나는 경허의 허전한 마음을 채워주지는 못하였던 것이다.
청계사에 들어온 지 5년, 그동안 한번도 절문 밖에 나가본 적

이 없는 경허에게 계룡산 동학사가 어느 정도의 먼 거리인지는 집히는 바가 없었다. 몇날을 가야 하는지 며칠을 걸어야 하는지, 단지 스승이자 아버지 같던 계허의 추상 같은 명을 따를 뿐이었다.

# 3
부들부들 떨고 있는 게 누구더냐?

경기도 청계산에서 충청도 계룡산까지 걷고 걸어서 경허가 동학사에 당도한 것은 1862년 바람결이 쌀쌀한 늦가을이었다. 여분으로 가져온 몇 켤레의 짚신도 다 떨어지고 계허스님이 준 여비도 바닥이 났다. 찬 기운에 몸을 웅크리고 다시 잠이 들듯 하면 저절로 눈이 떠지던 새벽녘, 소년 경허의 마음을 달래주던 것은 활화산처럼 타오르는 가을산이었다. 그런 가운데도 언뜻언뜻 어머니의 모습과 스승 계허스님의 얼굴, 그리고 경허를 배움의 길로 들어서게 한 박처사의 모습이 스치곤 했다.

계허의 서찰을 가슴 속 깊이 감추고 동학사에 왔을 때 경허의 행색은 거지나 다름이 없었다. 만화스님 앞에 삼배를 마친 경허는 계허스님이 준 서찰을 내놓았다.

"그래, 네가 바로 청계산 청계사에서 온 동욱이렸다?"

"예, 그러하옵니다. 스님."
"사서삼경까지 다 배웠다고 써져 있는데 사실이렸다?"
"예, 스님."
만화스님이 옆에 놓여 있던 책 중의 하나를 집어 펼쳤다.
"그렇다면 어디 네 글이 어느 정도인지, 이 글을 읽고 그 뜻을 한번 새겨보아라."
"틀리면 저를 돌려 보내실건가요? 스님."
"허허 고놈 참 당돌하기는. 지레 겁부터 먹지 말고 자세히 읽고 새겨보도록 하거라."
경허는 만화스님이 펼친 서책을 읽어 내려갔다. 경허의 스승 계허스님과 오랜 우정을 맺고 있는 만화스님은 계허스님의 공부가 별로 깊지 않은 것을 잘 알고 있었다. 그래서 경허가 이미 사서삼경을 뗐다는 계허스님의 편지를 읽으면서도 반신반의하고 있었다.
오랜 친구의 우정을 거절하기가 어려워 오갈 데 없는 아이 하나를 받아 거둔다는 생각이었다.
"송, 립, 절벽, 기 무지야……."
"허허 읽기는 제대로 읽는구먼, 그래— 헌데 그 뜻은 알겠느냐?"
"소나무가 절벽에 서있으되 땅이 없어서 거기 서있겠느냐, 하는 뜻이옵니다."

"허허 이놈 보게? 대체 네가 몇 살이나 되었는고?"
"열네 살이옵니다."
"가만 가만!"
만화스님은 한번 더 경허를 시험해보기 위해 다른 책을 펼쳐 놓았다.
"그러면 이 글도 한번 읽고 새겨 보아라. 천천히 보도록 하여라, 어려운 글자니라."
경허는 만화스님의 질문에 대답 대신 책장을 넘기며 한일자로 입을 굳게 다물었다. 그 모습에서 만화스님은 나이보다 이른 성숙함과 고집스러움을 엿보고 있었다.
"왜, 모르겠느냐?"
"알겠습니다만……"
"아, 어서 읽고 새겨 볼 것이지 왜 망설이는고?"
"이거 알아맞추면 또 다른 거 물어보실 것 아닙니까?"
"허허 요런 당돌한 놈을 봤나, 내 요것만 읽고 새기면 더 이상은 물어보지 않을 테니 마음 놓고 읽어보아라."
"빈, 무, 탁, 추, 기, 압, 수, 미."
"그래 맞았다. 뜻을 어떻게 새기는고?"
"비록 가난해서 송곳 꽂을 땅이 없지만 기개만은 높아서 수미산을 누르도다!"
"허허 됐다 됐어! 글을 읽고 새기는 안목이 이만하고 보면 내

문하에 들어와도 손색이 없을 것이요, 더욱 부지런히 힘써 닦으면 요 다음에 틀림없이 큰 재목이 될 것이니라."

만화스님은 경허의 그릇을 첫눈에 알아보았다.

당시 우리나라 불교계에서 첫째가는 대강백 그러니까 경전 강의를 제일 잘한다고 소문난 만화스님을 만나면서부터 경허는 비로소 불교 교리와 경전 공부를 제대로 하기 시작했다. 경허의 공부는 하루가 다르게 넓고 깊어져 일취월장하였다. 하나를 가르쳐주면 열을 아는 총명과 낮밤을 가리지 않는 열의가 경허의 학문을 나날이 깊게 하였다.

놀람을 금하지 못한 만화스님은 경허를 수제자로 삼기로 마음 속 깊이 작심하였다.

전국의 승려들이 모여든 강원에서도 경허의 존재는 단연 출중한 것이었다. 경허의 실력이 어찌나 출중했던지 만화스님은 대중을 모은 자리에서 다음과 같이 일갈하기에 이르렀다.

"너희들 가운데 동욱 수좌를 놓고 이렇다 저렇다 하는 소리가 들린다마는 내 그동안 원각경, 금강경, 화엄경으로 여러번 시험했거니와 청계산 청계사에서 온 동욱 수좌야말로 막힘이 없고 걸림이 없는 학문의 오묘한 경지에 이미 이르렀고 장차 큰 법그릇이 될 큰 물건이니라."

경허는 마침내 금강경, 화엄경은 물론 경전 중에서 가장 어렵다는 원각경을 비롯한 불경을 섭렵하고 대교과를 모두 마치기에 이르렀다.

 경허가 동학사에서 공부하기 시작한 지 9년째 되던 해, 스물세 살의 경허는 기골이 장대한 청년으로 학문이 깊은 학승으로 신심이 깊은 승려로 두루 모자람이 없었다. 경허의 명성은 이미 전국에 알려져 스님들 사이에 회자되고 있었다. 그뿐만이 아니었다. 만화스님은 대중들이 모인 자리에서 경허를 새로운 강사로 선포하기에 이르렀다.

 "여기 모인 대중들은 다들 들어라. 그동안 이 어리석고 늙은 중이 감히 동학사 강원의 강사가 되어 허튼 가르침을 너무 오래 펴왔더니 부처님의 은혜가 이제 이 동학사에 미치어 이 어리석고 늙은 중보다도 훨씬 더 총명하고 영특하고 지혜로운 강사를 점지해 보내셨으니 그 분이 바로 여기 있는 동욱 수좌로다!"

 만화스님의 말이 끝나자 여기저기서 웅성거리는 소리로 주위가 소란스러웠다.

 "대중들은 다들 들으라. 내일부터는 이 동욱 수좌가 강백이 되어 여러 대중들에게 강을 펼칠 터인즉 심기일전 일구월심으로 교학을 참구하여 깊은 교의를 터득하고 깨달아 기필 성불하여 부처님과 조사들의 은혜에 보답해야 할지니라."

 1871년, 스물세 살의 젊은 나이에 강원의 강사가 된 경허는 이제 배우던 입장에서 학인들을 가르치는 입장이 되었다.

 "눈에 보이는 모든 것은

꿈과 같고
헛것과 같고
물거품 같고, 그림자 같으며
풀잎 위에 이슬과 같고
순식간에 사라지는 번갯불과 같으니, 이 사실을 바로 알아야 하느니라."

물 흐르듯 막힘이 없고 걸림없이 펼쳐지는 경허의 강의는 갈수록 젊은 학인들의 인기를 독차지하게 되었다. 소문이 퍼지고 번져서 눈 푸른 납자들이 팔도 사방에서 모여들었으니 동학사 강원은 70명이 넘는 학인들로 늘 가득 했다.

1879년 서른한 살이 된 경허는 불현듯 환속한 스승 계허를 만나기 위해 만화스님께 허락을 구하였다.
강사 자리에 오른 지 8년, 청계사를 떠난 지 20여 년, 그러나 경허는 한날 한시도 스승 계허를 잊어본 적이 없었다.
"그래, 갑자기 한양엘 다녀오겠다구?"
"예, 청계사에서 모시고 있던 은사를 한번 찾아뵙고 싶어서요."
"그렇다면 다녀오게나. 산 속에 남아 있거나 속퇴를 했거나 은사는 은사니까 좋은 일이지."
계허라면 일찍이 만화스님의 도반이기도 했으니 만화스님은 쾌히 경허의 청을 받아들였다.
 "그럼 다녀오겠습니다, 스님."
 청계사를 떠날 때 경허는 어린 소년에 불과하였으나 이제 9척 거구의 청장년이 되었다. 또한 박처사를 통해 글을 깨우쳤으나 불교 교리에는 까막눈이나 다름없었던 경허가 지금은 불교를 비롯한 모든 학문에 막힘이 없고 걸림이 없어 경허를 따를 사람이 없었으며 배우는 입장에서 가르치는 입장에 서게 되었다.
 경허는 자신의 모습을 아버지 같았던 스승 계허에게 자랑스레 내보이고 싶었다. 옛은사를 찾아뵙기 위해 경허는 길을 나섰다. 실로 20여 년만이었다.

 바랑 하나만 짊어진 경허는 새삼 조급한 마음이었다. 몇날 며칠을 걸어야 할 것인가. 경허는 진작에 스승을 찾지 못한 자신을 나무랐다.
 뙤약볕이 내리쬐는 7월의 들판은 불볕과도 같이 무더웠다. 그러나 오로지 스승 계허를 뵙겠다는 마음으로 가득한 경허에게 더위가 걸림이 될 수는 없었다. 경허는 걸음을 재촉했다.
 간혹 산을 타고 넘어오는 바람이 경허의 이마를 식혀주었으며 잠깐씩 쏟아지는 소나기는 땅의 열기를 식혀주었다.
 들판을 지나는 길에 일손을 놓고 땀을 식히는 농부들과 몇 마디씩 주고 받는 말도 산중에만 있다 내려온 경허에게는 새로운

공부였다.

　하루내 청청하던 하늘이 저녁 무렵 천안 부근의 어느 마을 앞에 이르러 갑자기 어두워지기 시작했다. 순식간의 일이었다. 캄캄한 어둠으로 덮인 하늘에서 천둥 번개가 치는가 했더니 비바람이 몰아치기 시작했다. 장대 같은 비가 내리꽂히고 사방에서 번쩍거리며 번개가 일었다. 귀청을 뚫는 듯한 천둥소리가 천지사방에 가득하였다. 경허의 발 밑으로는 빗물이 도랑을 만들고 있었다.

　논이 잠기고 밭이 잠기면서 힘들게 가꾼 농작물들은 뿌리째 뽑혀 휩쓸렸다.

　생각지도 않은 비를 만난 경허는 우선 사정없이 내리치는 비바람을 피하기 위해 어느 집 문간에 뛰어들었다. 잠시 비바람을 피한 후 다시 길을 떠날 요량이었다. 그러나 날이 저물도록 비는 좀체 멈출 기미를 보이지 않았다. 지나가는 비가 아닌 모양이었다.

　경허는 하는 수 없이 하루밤 신세를 질 요량으로 비를 피했던 집의 대문을 두들겼다.

　"여보시요, 여보시요, 문 좀 열어주시요, 여보시요! 여보시요!"

　그러나 집에서는 인기척이 없었다. 한참 만에야 인기척이 없던 집 대문이 힘들게 조금 열렸다.

　"여보시요, 여보시요, 문 좀 열어주시요."

"아니, 도대체 누군데 이 빗속에 대문을 두드리고 그래요?"
"예, 저 지나가는 객승이온데……"
"스님이라구요? 아니, 이 스님이 미쳤나? 살고 싶으면 빨리 도망쳐요. 여기 이러고 서있다가는 영락없이 죽을 테니 빨리 도망치라구요!"
"예, 도망치라니요?"
다짜고짜 살고 싶으면 빨리 도망치라니 경허는 도무지 영문을 알 수가 없었다.
"여 여보십시요, 보살님 저는 ……."
"아이고 글쎄 살고 싶으면 빨리 여길 떠나라니까요. 여기 있다 간 영락없이 죽어요, 죽어!"
말을 마친 주인은 문을 닫아버리고 들어가버렸다.
"아니 보살님, 허허 이거 원 세상 인심이 이럴 수가 있나?"
세상을 갈라놓을 듯 번쩍거리는 번개와 천둥이 쉴새없이 쳐대고 있었다. 온세상을 삼켜버릴듯이 퍼붓는 빗줄기 속에서 경허는 또 다른 집 문간으로 뛰어들었다.
"여보시요, 여보시요, 문 좀 열어주시요."
천둥소리와 사나운 비바람 소리에 묻혀 주인을 부르는 소리가 안들렸음인가, 경허는 더 큰 소리로 주인을 부르며 문을 두드렸다.
"여보시요, 여보시요, 주인장 안계십니까? 예?"

 그러나 그 집에서는 아무리 문을 두드리고 주인을 불러도 대꾸조차 없었다. 별수없이 발길을 돌린 경허는 다른 집 문간으로 뛰어들었다.
 "여보시오! 여보시오, 안에 누구 안 계십니까? 여보시오."
 다행히 이 집에서는 인기척이 있었다. 경허의 말이 끝나자 인기척이 들리며 중년을 넘긴 사내가 얼굴을 내밀었다.
 "이 어둠 속에 대체 뉘시오?"
 "저 지나는 객승이온데 하루밤 비를 피해 유했으면 합니다."
 "허허 이 스님 큰일 날 소리 하시네. 살고 싶으면 냉큼 나가시요."
 "예, 아니 제가 뭘 어쨌다고 그러십니까?"
 "아 여러말 말고 살고 싶거든 어서 썩 물러가란 말이요. 아 어서요."
 "원 세상에 언제부터 세상 인심이 이렇게 야박해졌습니까?"
 아무 것도 모르는 경허는 문을 닫고 들어가는 사내의 뒤에 대고 세상 인심을 한탄하였다. 그러자 다시 돌아선 사내가 경허를 빤히 쳐다보았다.
 "인심이 야박하다? 아 지금 집집마다 시체가 즐비한 판에 인심 찾게 되었소?"
 "아니 집집마다 시체라니요?"
 "허허 이 스님 소식이 깜깜절벽이로군 그래. 이 마을에 호열자인지 옘병인지가 돌아 집집마다 시체란 말요."
 "호열자?"
 "이 마을에 얼씬 했다 하면 다 전염되고 전염만 되었다 하면 모조리 다 죽는 호열자요. 호열자! 그래두 이 마을에서 얼씬거릴 거유?"
 "허허 아니 그럼?"
 "나 같은 놈은 벌써 전염이 됐을 테지만 살고 싶거든 어서 도망치슈. 이 마을에서 멀리멀리 도망치란 말요."
 사내의 말을 듣고야 경허는 인적이 끊긴 황폐한 마을 어귀며 흉흉한 인심, 흡사 죽음과도 같았던 적막감의 실체를 이해할 수 있었다. 멀리서 가까이서 간단없이 이어지던 숨죽인 울음소리와 곡성.
 지옥이다! 지옥이다! 천둥 번개 속에 모진 비바람을 흠뻑 맞으며 경허는 정신없이 걷고 또 걸었다. 방향조차 분간할 수 없는 칠흑 같은 어둠 속에서 얼마나 멀리 걸어 왔을까. 경허는 용케도 큰 느티나무 등걸에 의지한 채 웅크리고 앉았다. 경허의 온몸에서는 비오듯 땀이 흘러내렸다. 온몸을 부들부들 떨고 있는 경허의 머리 속으로 갖가지 상념이 뒤엉켰다.
 '산다는 것은 대체 무엇이며 죽는다는 것은 또한 무엇인가?' 경허는 지금까지 배우고 가르쳤던 것이 모두 부질없음을 한순간에 깨달았다.

 '생야일편 부운기요, 사야일편 부운멸이라, 한 목숨 태어남은 한 조각 뜬 구름 생겨남이요, 한 목숨 스러짐은 한 조각 뜬 구름 사라짐이라, 뜬 구름 그 자체가 원래 없던 것, 인생의 오고 감도 그와 같은 것'이라 배우고 또 그렇게 가르쳐 왔으나 호열자라는 소리, 집집마다 시체가 즐비하다는 소리, 살고 싶으면 멀리 도망치라는 소리에 정신없이 도망친 것이다. 돌부리에 걸려 넘어지고 맨 살이 터져 피가 배어나오는 것도 모르고 오직 일념으로 밤길을 달려서 말이다.

 생사일여(生死一如), 삶과 죽음은 분명 둘이 아니라 하나라고 배우고 그렇게 가르쳤는데 자신은 죽음이 무서워 도망친 것이다. 문자에만 매달리고 경구에만 눈이 멀어 참진리를 깨닫지 못한 것이다. 호열자라는 말에 혼비백산해서 허둥지둥 예까지 도망쳐온 어리석은 중생이라니……, 동학사 강원에 강백으로 자처해온 내가 시체란 말에 허둥대고 죽는다고 도망쳐오다니……

 "허허허허……."

 흡사 울부짖음 같은 경허의 웃음소리가 터져 나왔다. 자조적인 웃음이었다.

 명색이 아홉 살에 동진출가해서 불문에 든 지 20여 년, 헛공부를 했다는 자괴감이 온몸의 습기를 빠져나가게 했다.

 '내가 가야 할 길은 정녕 어디인가, 어디에 있는가' 경허는 이제야 비로소 자신의 미혹을 깨닫고 이제야 비로소 자신의 미혹을 볼 수 있게 되었다. 확철히 깨닫기 전에는 눈으로 보고 입으로 외운 가르침이 아무 쓸모가 없다는 것을, 오만 가지 지식이 번거로울 뿐 아무 쓸모가 없다는 것을 깨달았다.

 경허는 한날 한시도 잊은 적이 없던 스승 계허, 그리고 청계사의 봄과 여름, 타는 듯 붉던 단풍과 눈부시던 겨울산, 그 모든 것이 자신의 미혹과 다름 아니라는 것을 깨달았다. 그와 같은 깨달음을 얻고나자 경허는 청계사에 가야 할 이유도 옛 은사 계허를 만나야 할 이유도 찾을 수 없었다.

 비몽사몽간 밤새도록 허우적거리던 경허가 가까스로 제 정신을 차리고 보니 어느새 희뿌염하게 새벽이 오고 있었다. 아침을 맞은 닭들이 홰를 치며 정적을 깨트렸다. 밤새도록 생각에 골몰하고 번민하던 경허의 머리 속은 시간이 지나면 지날수록 맑은 거울과도 같았다.

 아침이 되자 온 들녘은 언제 천둥번개가 치고 사납게 비바람이 몰아쳤던가 싶게 눈부신 햇살이 가득 했다. 어제의 처참했던 모습은 물을 먹어 촉촉한 산천수목에 가려 보이지 않았다.

4
콧구멍 없는 소를 찾아라

 옛 은사 계허를 찾아가려던 경허는 발길을 돌려 동학사로 돌아왔다. 한양에 다녀오겠다던 경허가 곧바로 되돌아오자 영문을 모르는 대중들은 이상하게 생각했다. 게다가 경허의 옷과 걸망은 흙 투성이인데다 바지가 찢기고 그 사이로는 벌건 생채기가 그대로 드러나 있었다.
 동학사를 나설 때의 모습은 간곳없이 초라한 행색인데 그중에서도 눈빛만은 형형해 금방이라도 불이 붙을 것만 같았다. 경허의 눈빛을 본 학인들은 뭔가 예사롭지 않은 일이 생겼음을 쉽게 눈치챌 수 있었다. 동학사에 돌아온 경허는 곧장 학인들을 한곳에 모이도록 하였다.
 "여기 모인 대중들은 들으시오."
 학인들이 하나둘 모여들면서 주위가 소란해지기 시작하였다.

조용해지기를 기다린 경허가 말을 이었다.
 "나는 이제 더 이상 강을 하지 않겠으니 여러 대중들은 제각기 좋은 인연들을 따라 가기 바라오!"
 다시 주위가 소란스러워졌다.
 "그리고 이 자리를 빌어 고백하거니와 여러 대중들에게 이 사람이 들려준 강은 모두가 허튼 소리였으니 모든 대중들은 이 사람을 속히 잊어주기 바라오."
 "아니, 스님 무슨 일이옵니까?"
 "나는 더 이상은 강을 할 수가 없소. 하니 대중들은 여기 있을 필요가 없을 것이요. 가르쳐줄 이도 배울 이도 없으니 이제 강원은 문을 닫을 것이요."
 "어떻게 이런 일이 있을 수 있습니까? 스님."
 "스님 어찌된 일입니까, 스님."
 무슨 뜻인지 모르는 학인들은 어리둥절할 뿐이었다. 그러나 이렇듯 일방적으로 강원 폐쇄를 선언한 경허는 이렇다 저렇다 말이 없었다. 굳게 다문 입은 움직일 수 없는 결의를 나타내고 있었다. 단지 모두들 어떻게 받아들여야할지 몰라 얼굴을 마주 보고 있는데 어느새 방안으로 들어간 경허는 문을 잠궈 버리고 말았다.
 그들은 전국 각지에서 경전을 배우기 위해 모여든 학인들이었다. 그런데 강사인 경허가 강원을 폐쇄하겠다고 하고 학인들에

게 흩어질 것을 명하고는 한마디 말도 없이 방안으로 사라져 버린 것이다. 강원에서는 일대 소동이 일어나게 되었으나 학인들은 어찌해야 할지를 모르고 있었다.

그중에서도 가장 크게 놀라고 노여워한 사람은 다름 아닌 경허의 스승 만화스님이었다. 동학사 강원으로 치자면 만화스님이 20년 동안 오로지 불심 하나로 일으켜 세운 셈이었다. 그런데 스승인 자신에게 상의 한마디 없이 강사 자리를 내던지고 강원을 폐쇄하겠다고 선포했으니 화가 날 만도 한 일이었다.

만화스님은 당장에 경허가 있는 방으로 달려갔다.
"에헴, 강주는 안에 있으렸다?"
"예, 스님."
"문을 걸어 잠그고 있다더니 내가 왔는데도 나오지 않겠는가?"
"죄송하옵니다. 스님."
"강원을 폐쇄하고 학인들을 다 흩어지라고 했다는데 사실인가?"
"죄송한 일이오나 그렇게 했습니다. 스님."
만화스님의 노기는 하늘을 찌를 듯하였다.
"네 이놈! 감히 누구 마음대로 강을 폐하고 학인들을 내보낸단 말이냐?"
"죽은 문자에만 매달리고 경구에만 눈이 멀어 더 이상 허튼 소리를 할 수는 없습니다. 스님."
 "무엇이라고? 죽은 문자, 경구에만 눈이 멀어?"
 "그렇습니다. 스님, 진면목을 보지 못했음을 비로소 알았습니다."
 "진면목을 못봤다……, 그래 방문을 걸어 잠그고 뭘 보겠다는 게야?"
 "확철히 깨닫기 전에는 결코 나가지 않겠습니다. 스님."
 "무엇이라고? 확철히 깨닫기 전에는 나오지 않겠다?"
 "네 스님, 결코 나가지 않겠습니다."
 확철대오하겠다, 생사불이, 삶과 죽음이 둘이 아니고 생과 사가 다름이 아니다. 그러나 경허에게는 삶과 죽음이 같지 않고 하나가 아니고 둘이었다. 아비규환의 지옥, 어제 천안 부근에서 본 것은 아수라, 무간지옥이었다.
 사미적부터 시작한 공부는 사서삼경은 말할 것도 없고 장자는 무려 천번이나 읽지 않았던가. 부처님 조사님들 경책만 해도 전등록, 치문, 산망야회, 선림보훈, 선림보전, 임간록, 참선경어, 능엄경을 비롯 화엄경, 법화경, 관음경 등 섭렵하지 않은 것이 없었다. 그럼에도 일을 당하고 보니 문자와 경구는 아무짝에도 쓸 모가 없었다.
 문자와 경구로는 본래 진면목을 볼 수 없는 것, 죽어있는 문자와 죽어있는 경구로부터 무엇을 얻을 것이며 어떤 깨달음을 구

할 것인가.

 말로 하면 말이 옳고 문자로 쓰면 문자가 옳지만 깨달음이란 깨달아야만 분명한 것이니 견성이란 말이나 문자를 매개로 하여 생각하면 할수록 깨달음에서 멀어져 가는 것, 비유하자면 배가 고파 허기가 졌을 때 음식에 대해서 아무리 말을 하고 문자를 써본들 역시 배가 고픈 것과 같다.

 이제 경허는 문자와 경구를 벗어나려 한다. 깨달음에 이르기 전에는 한낱 학문에 지나지 않는 공부를 버리려 한다. 20년 공부, 20년 정진이 종이 호랑이 같이 아무 쓸모가 없었다.

 확철한 깨달음을 얻기 전에는 결코 나오지 않겠다고 안으로 방문을 걸어 잠근 경허는 하루 이틀 사흘이 지나도록 꼼짝을 하지 않았다.

 "저 조실스님."

 "무슨 일인고?"

 "강주스님께서 나오시지 않은 지가 사흘째입니다."

 "네가 걱정할 일이 아니다."

 "하오나 스님, 사흘이 지나도록 공양은 물론 물 한모금 안드셨습니다."

 "글쎄, 걱정할 일이 아니래도 그러느냐?"

 "아니옵니다. 스님 저러다 정말 굶어 죽으시면 어쩔려고 그러십니까?"

"굶어 죽으려고 들어앉은 게 아니니라."
"그럼 곧 나오실 거라는 말씀이십니까 스님?"
"한 두달 안에 나올 일도 아니니라."
"아니, 그럼 스님 몇 달씩이나 저렇게 굶기실 작정이란 말입니까?"
"굶겨 죽일까봐 그렇게도 걱정이 되느냐?"
"예, 스님."
"그러면 너 같으면 어떻게 하면 좋겠는고?"
"예에?"
"문을 안에서 걸어 잠그고 열어주질 않으니 어찌해야 되겠느냐?"
"아, 예 그거야 저, 도끼로 문을 부수겠습니다."
"참선수행중인 강주를 끌어내잔 말이냐?"
"참선수행중이시라구요?"
"그렇느니라. 그러니 문을 부수지 않고는 달리 방도가 없겠느냐?"
"있습니다 스님! 문에다 구멍을 내고 그곳으로 공양을 넣어드리겠습니다."
 깨달음을 얻기 위해 안으로 문을 걸어 잠근 채 가부좌 틀고 앉아 불철주야 참선수행을 한다는 것은 그야말로 처절한 자기자신과의 싸움이다.

　깨달음을 위해 스님들이 참선 수행을 할 때는 마음 속에 공안 한 가지씩을 내걸게 마련이다. 공안이란 부처님과 조사들이 깨달음을 얻게 된 계기를 일컫는 말로 글자 그대로 관공서의 문서에 비유해 생긴 말이니 '공안'이란 훌륭한 도를 깨달아 세상 사람들에게 그 길을 힘께 가도록 하는 지극한 가르침이라는 뜻으로 성현들이 도를 수행하는 방법을 기록한 것이다. 말하자면 깨달음을 얻게 된 계기와 본보기가 바로 공안이다.

　참선에 들어갈 때는 스승으로부터 천 칠백 가지가 넘는 공안 중 하나를 점지 받는 것이 관례였다. 그러나 경허에게 진정한 의미의 스승이 있을 리 없었다. 조선 조 말의 불교는 쇠퇴할 대로 쇠퇴하고 승려들의 지위도 천민이나 다름없었다. 선교 양종으로 나뉘었던 불교는 조선 중기 이후 급격한 쇠락의 길을 걸으며 인물을 배출하지 못하니 법을 인가받을 스승조차 없음이었다. 만화스님이 있으나 만화스님은 교리와 학문을 물려준 스승일 뿐이었다.

　암중모색 중 갑자기 한 화두가 경허를 사로잡았다. '여사미거 마사도래(驢事未去 馬事到來)', 경허는 마침내 그 많은 공안 가운데 중국 영운선사의 여사미거 마사도래를 참구의 제목으로 내걸었다. 여사미거 마사도래란 말은 '나귀의 일이 끝나지 않았는데 말의 일이 닥쳐왔다'고 풀이하기도 하고 '나귀를 타려는데 말이 왔구나'로 풀이하는가 하면 '이런 일 저런 일이 겹쳐 있도

다'라는 뜻으로 풀이하기도 한다. 이렇듯 공안을 정한 경허는 용맹정진에 들어갔다.
　'여사미거 마사도래, 이 뜻을 기필코 깨달아 진리에 다다르리라.'

　옛날 중국의 양나라 자명스님은 용맹정진하면서 졸음이 오면 송곳으로 허벅지를 찔렀다 하고 수나라 지순스님은 참선 중에 번뇌 망상이 일어나면 칼로 정강이를 찔렀다고 한다. 모두 극기의 한 방편이고 깨달음을 이루고자 하는 절절한 서원의 발로였던 것이다.
　문밖의 바람소리도 인기척도 해가 뜨고 지는 것도 경허는 알지 못하였다. 몇날 며칠이 지난 것인지 하루가 지나간 것인지 한 달이 지났는지 경허는 알지 못하였다. 문에 구멍을 내어 넣어주는 공양을 들면서도 그는 오로지 확철대오하겠다는 일념으로 손에는 송곳을 들고 칼을 세워 턱에 대고 있었다. 졸음이 오면 졸음을 쫓기 위해 양쪽 허벅지에 송곳을 들이대고 번뇌와 망상을 쫓기 위해 턱에 칼을 댔다. 머리와 허벅지에서 피가 흐르다 말라 붙고 또 새로운 피가 흘러내리다 말라 엉겨 붙었다. 그럼에도 불철주야 '노사미거 마사도래' 공안을 풀기 위한 경허의 용맹정진은 계속되었다.
　어떻게 해야 깨달음을 얻을 수 있을 것인가? 예로부터 참구하

고 또 깊이 참구해야만 깨달음에 이를 수 있다고 했다. 마음의 눈이 아직 열리지 아니했는데 자기 자신에게 되물어 참구하려 하지 않고 남들이 열어 보여주기를 바란다면 만약 부처님과 달마스님이 간과 쓸개를 꺼내 보여준다고 해도 그것은 마음의 눈만을 멀게 할 뿐이다. 옛사람이 깨달음을 구할 적에는 얻을 것인가 얻지 못할 것인가에 대해 조금도 의심을 하지 않았다. 농부가 농사를 제대로 짓지는 아니하고 흉년일까, 풍년일까 의심만 하고 있다면 과연 그 농사가 풍년이 되겠는가? 장사꾼이 장사는 열심히 하지도 않으면서 이익을 볼까, 손해를 보게 될까 의심부터 한다면 장사꾼은 성공하지 못할 것인즉 경허는 이러한 옛조사님의 교훈을 받들어 참구하고 또 참구했다.

　일주일, 한달, 두달…… 경허가 강주를 그만 두고 용맹정진에 들어가자 강원은 폐쇄되었고 학인들이 떠난 동학사는 적막감마저 감돌았다. 한달 두달 그리고 석달이 지나도록 경허는 변함없이 면벽한 채 제 얼굴에 칼을 들이대고 있었다.

　긴 머리와 수염으로 덮인 경허는 깊은 산중의 짐승과 다름 없는 모습이었다. 오래도록 닦지 않은 몸에서는 냄새가 났다. 그러나 경허의 두 눈은 날이 갈수록 빛이 나 불을 뿜었으며 머리 속은 맑아져 깊은 물속과도 같았다. 번뇌와 망상이, 생과 사가 여일하게 하나가 되었다.

　경허가 안으로 문을 걸어 잠그고 불철주야 참선 수행에 들어간 지 세 달, 가을이 가고 철이 바뀌어 겨울이 되었다. 산중의 겨울은 빨라 어느새 동학사에는 첫 서설이 내렸다. 언제나 방에서 나오시려나, 그러나 궁금하게 여기고 있는 대중들도 서로 안부를 주고받듯 말을 나눌 뿐 감히 경허에게 그것을 묻는 사람은 없었다.

어느날 저녁 구멍을 낸 문으로 경허의 공양을 가져다 주던 사미승이 경허를 불렀다.

"스님, 스님께 여쭤보면 아실 거라고 해서 한 가지 여쭈려고 합니다."

"……"

"제가 오늘 아랫마을에 있는 저희 집에 잠깐 갔었는데 속가의 제 아버님께서 물으시기를 '그래 절에서 중노릇은 제대로 잘하고 있냐'고 하셨습니다.

제가 '예 뭐 그럭저럭 하고 있습니다' 하고 대답했더니 아버님께서 역정을 내셨습니다.

'허허 그럭저럭이라니 그러면 강주스님은 뭘 하시는고?'

'예 그저 아직껏 방안에서 소처럼 앉아 계시기만 합니다.'

'원 저런 중노릇 잘못하면 요 다음에 소가 된다는 걸 모르시는가?'

'공부를 제대로 하지 않고 공양만 받아먹으면 이 다음 생에 소가 되어 그 빚을 갚아야 된다, 이 말씀이지요?'

'허허 절간에 가서 공부를 했다는 사람이 겨우 그렇게 대답을 해서야 되겠는가?'

'그럼 어떻게 대답해야 하는 건가요?'

'소가 되더라도 콧구멍 없는 소가 되면 되지요, 이렇게 대답을 해야지.'

'콧구멍 없는 소요?'

'그래, 콧구멍 없는 소'

'대체 그게 무슨 뜻이예요?'

'원 참 그동안 절밥 많이 먹고 많이 배운 줄 알았더니 아직도 그대로네. 아 그렇게 모르는 게 있으면 강주스님한테 여쭈어서 제대로 배우라고 절에 보낸 게 아니냐. 그렇지 않느냐?' 하셨습니다."

"스님, 제 말씀 듣고 계셔요?"

"........."

"스님, 그래서 여쭤보는 건데요. 대체 콧구멍 없다는 소리가 무슨 뜻입니까?"

바로 그 순간.

경허는 천지가 갈라지고 폭발하는 듯 눈앞에 불기둥이 솟아오르는 것을 보았다. 일거에 어둠과 미망이, 어느 한순간엔가 영영 헤어나오지 못할 것 같았던 미혹과 의혹이 한꺼번에 사라지는 것을, 그리하여 전혀 다른 황홀한 세상이 눈앞에 펼쳐지는 것을 경허는 몸소 체험했다.
 경허는 문을 박차고 뛰어나왔다. 어린 사미승의 객적은 물음 한마디가 경허의 공안을 단번에 타파한 것이었다. 이로써 경허는 영운 선사의 '노사미거 마사도래'의 공안을 타파하게 되었으며 부처님의 진면목을 보게 된 것이다.
 "하하! 하하하! 무비공! 그래 무비공이야, 콧구멍이 없어, 콧구멍이 없어, 콧구멍이 없다구. 하하하하"
 수세미 같은 머리카락, 제멋대로 자란 수염, 짐승 같은 몰골로 느닷없이 문을 박차고 나온 경허는 맨발로 절마당에 선 채 껄껄 웃고 있었다. 웃음소리는 경내에 가득 퍼질 만큼 크고도 우렁찼다. 경허의 웃음소리에 놀란 대중들이 나와 경허 주위를 에워쌌다.
 경허가 무비공을 외치며 덩실덩실 춤을 추자 기겁을 한 어린 사미승은 금방이라도 울음이 터질 듯하였다. 필시 경허가 제정신이 아니라고 생각한 것이다.
 뒷걸음질쳐 단숨에 만화스님께 달려간 사미승은 숨이 턱에 차서 말도 제대로 잇지 못하였다.
 "허헉, 스님, 스님, 조실스님."
 "왜 그러느냐?"
 "큰일났습니다. 조실스님 큰일났어요."
 "어 참, 무슨 일인데 이렇게 숨이 넘어 가느냐? 천천히 말해보

도록 하여라."

"밖으로 나왔는데요."

"밖으로 나오다니 누구 말이냐?"

"강주스님요. 가, 강주스님이 밖으로 나오셨는데 미, 미쳤나봐요."

"뭣이? 강주가?"

만화스님이 어린 사미승의 손에 이끌려 나오니 경허는 웃통을 벗어젖힌 채 덩실덩실 춤을 추고 있었다. 경허를 에워싼 대중들은 큰소리로 웃고 떠들며 춤추는 경허의 모습을 넋을 잃고 바라보고 있었다.

"하하하하 무비공이다! 무비공, 콧구멍이 없어!"

"저것 보세요."

"아니 저런!"

만화스님은 금방이라도 주장자를 경허의 어깨에 내려칠 듯 엄한 목소리였다.

"네 이놈, 지금 분명히 제 정신이 아니렸다?"

겁에 질린 사미승이 만화스님을 불렀다.

"스님."

"하하하하, 노여워하실 일이 아니옵니다 스님!"

"무엇이라고?"

"저는 지금 제 정신입니다. 아니 제 정신이 아니라 아주 맑은 정신입니다. 명경지수처럼 아니 깨끗한 빈 거울처럼 아주 아주 맑은 정신입니다."

"아니, 이 사람이?"

"스님."

"하하하하……."

경허의 웃음소리는 이제 범부의 웃음소리와는 다른 것이었다. 깨닫기 위해 철벽처럼 꼼짝않고 앉아 용맹정진하기 3개월여, 드디어 경허는 깨달음을 얻고 크게 웃었다. 그리고 오도가를 불렀다.

사방을 둘러보아도 사람이 없으니
의발을 누구에게 전하랴
의발을 누구에게 전하랴
사방을 돌아보아도
사람이 없으니
의발을 대체 누구에게 전하랴!

봄산에 꽃이 활짝 피고
새가 노래하며
가을밤엔 달이 밝고 바람이 맑다
정녕 이러한 때에

무생의 일곡가를 얼마나 불렀던가
일곡가를 아는 사람 아무도 없으니
때가 말세던가
나의 운명이던가
아아 정말 이 일을 어찌하랴.

산빛은 문수보살이요
물소리는 관세음보살의 귀로다
이랴 쯧쯧 소 부르고 말을 부름이 곧 보현보살이요
장서방 이첨지가 본래 비로자나 부처님이로다
부처님과 조사들이 말씀하신 선과 교가 무엇이 다르던가
공연히 분별만 하고 있구나.

돌사람이 피리 불고
목마가 졸고 있음이여
범부들이 자기 성품을 알지 못하고
성인의 경계지 내 알일 아니라 하네
오호 정말 가련하구나

어떤 사람이 이르기를
소가 되어도 콧구멍 없다함에

그 소리 듣고 문득 깨닫고 보니
이름도 공하고 형상도 공하여
공허한 허적처에
항상 밝은 빛이여!

이로부터 한번 들으면 천 가지를 깨달아
눈앞에 외로운 광명이 적광토요
정수리 뒤에 신비한 모습이 금강계로다

시원한 솔바람이여
사면이 청산이로다
가을달 밝은 빛이 한결 같은
하늘과 물이여!
노란 빛 푸른 대 꾀꼬리소리 제비 재잘거림이 항상 그대로
크게 쓰여 어느 곳에 드러나지 않음이 없도다.

내가 거짓을 말하지 않노라
지옥이 변하여 천당을 지으니
다 나의 작용에 있으며
백천 법문과 무량묘의가
마치 꿈에 연꽃이 핀 것을

깨달음과 같도다.

오호 슬프도다
어이 할거나
대체 의발을 누구에게 전하랴
대체 의발을 누구에게 전하랴
사방을 돌아보아도
사람이 없으니
대체 의발을 누구에게 전하랴

홀연히 어떤 사람에게서
콧구멍 없다는 소리를 듣고
문득 깨닫고 보니
삼천대천세계가 이내 집일래
6월 연암산 아랫길에
들사람 한가롭게
태평가를 부르네.

경허가 깨달음을 얻은 것은 1879년 그의 나이 서른한 살, 음력으로 동짓달 보름이었는데 이후로부터 법명을 '깨우친 소' 라는 뜻에서 성우(惺牛)라 하고 '맑디 맑은 빈거울' 이라는 뜻으로 법호를 경허(鏡虛)라 부르게 되었다.

 송곳으로 허벅지를 찌르고 턱에 칼을 대는 용맹정진으로 깨달음에 이른 경허는 그해 겨울을 무념무상으로 잠을 자고 어린 사미승과 농짓거리를 하며 보냈다. 일찍이 동학사에 온 직후 경허는 늘 졸고 있는 때가 많아 만화스님의 꾸중을 많이 들었다. 하지만 학인으로 강사로 불철주야 용맹정진으로 깨달음을 얻은 경허에게는 모처럼의 객기와도 같은 여유였다.

 머리 숙이고 항상 조는 일
 조는 일 말고는 무슨 일이 또 있단 말인가
 조는 일 말고는 다시 일이 없어
 머리를 숙인 채 항시 졸고만 있네

 경허가 드디어 도를 구했다는 소문이 퍼지며 경허를 보기 위해 많은 운수, 대중들이 동학사에 몰려 들었으나 경허는 전혀 안중에도 두지 않았다.
 하루는 어린 사미승이 경허를 찾아왔다.
 "스님, 안에 계시옵니까?"
 "왜 그러는고."
 "저…… 잠깐 들어가 뵙도록 허락해 주십시요 스님."

"들어오너라."

방에 들어온 사미승은 삼배를 하기 위해 무릎을 꿇었다.

"그래 무슨 일인고? 허허 나한테 절 같은 건 안해도 되느니라. 그냥 앉거라."

"아 아닙니다 스님, 스님께서는 크게 깨우치셨으니 앞으로는 절을 올려도 세 번씩 올려야 한다고 들었습니다."

"허허 이 녀석, 공연한 짓일랑 그만 두래두 그러는구나. …… 그래, 그래 됐다. 됐어! 그래 무슨 일로 날 찾아왔는고?"

"제가 오늘 부처님 경책을 보자니까 이런 말씀이 있었습니다."

"무슨 말씀?"

"부처님이 제자들에게 물으셨느니라. '사람의 목숨이 얼마 동안에 있느냐?'"

"그래, 그래, 한 제자가 뭐라고 대답을 했더라?"

"며칠 사이에 있습니다!"

"'너는 아직 도를 모른다' 그렇게 대답을 하셨겠다?"

"예, 그리고 또 다른 제자가 '아니 사람의 목숨은 밥먹는 사이에 있습니다!'"

"너도 아직 도를 모른다!"

"예 그러셨어요. 그런데 또 다른 제자가 '예, 사람의 목숨은 호흡하는 사이에 있습니다' 하고 대답하니까—"

"'그렇다, 너는 도를 아는구나' 이렇게 칭찬을 해주셨지?"

"예에"

"그런데 무엇이 알고 싶은고?"

"사람의 목숨이 호흡하는 사이에 있다니 무슨 말씀이신지 도무지 모르겠습니다."

"그래, 대체 네 나이가 몇인고?"

"예, 열한 살입니다."

"그래, 그럼 좀 더 가까이 오너라."

"예에?"

"내가 네 코와 입을 틀어 막을 것인즉 견디어 보아라!"

경허가 어린 사미승의 입과 코를 양손으로 틀어막자 사미승은 금세 신음소리를 내며 캑캑거렸다.

"아이구, 아이구 숨 막혀 죽을 뻔했습니다. 스님."

"허허허허 이제 알겠느냐? 들여마신 숨이 나오지 못하면 죽고, 토해낸 숨이 들어가지 못해도 죽으니, 그래서 사람의 목숨이 숨쉬는 그 사이에 있는 허망한 것이라 이르신 것이니라."

"아, 예— 이제 알겠습니다 스님, 그러고보니까 부처님 말씀이 딱 들어맞네요?"

"8만 4천 부처님 말씀은 단 한마디 한 구절도 버릴 데가 없으니 그래서 만고불변의 진리라고 하거니와 힘써 배우고 닦으면 너도 그 진리를 알게 될 것이니라."

"알겠습니다. 스님."

아홉 살의 어린 나이에 경기도 청계사에서 출가하여 열네 살에 계룡산 동학사로 왔던 경허는 깨달음을 얻은 그해 겨울 17년간 머물렀던 동학사를 떠나게 되었다.

경허가 동학사를 떠나려 한다는 소식이 만화스님에게 전해지자 만화스님의 걱정은 이만저만이 아니었다.

하루는 만화스님이 경허를 급히 불러 앉혔다.

"아니 그래, 기어이 이 절을 떠나겠단 말이냐?"

"예, 스님."

"이 엄동설한에 눈이 한길이나 쌓였는데도?"

"예, 스님."

"해동이나 되거든 떠나지 그러는가? 눈이 이렇게 많이 쌓이면 산짐승도 거동을 삼가하는 법이네."

"불현듯 어머님이 뵙고 싶어서 가봐야겠습니다."

"무엇이라고? 어머님이 뵙고 싶어서?"

"그렇습니다 스님."

"허허 이게 대체 무슨 소린고? 열네 살 적에도 입에 담지 않던 속가의 어머니 소리를 내 앞에서 오늘 입에 담다니?"

만화스님은 경허에 대한 실망감을 감출 수가 없었다. 만화스님의 말씀에도 아랑곳없이 경허는 말을 이었다.

"옛 조사가 이르기를 산을 산으로 보고 물을 물로 보라 이르셨으니 어머니를 어머니라 부르는 것은 조금도 도리에 어긋나는 일이 아닌 줄로 아옵니다."

 경허의 말이 여기까지 이르자 만화스님은 괘씸한 생각이 들었다.

 "그렇다면 이제 환속을 해서 두고두고 어머님을 봉양할 모양인데 짐은 빠짐없이 다 꾸렸는가?"

 "출가한 중이 지팡이 하나, 바랑 하나면 됐지 더 무슨 행장이 소용이겠습니까? 부디 성불하십시오, 스님."

 이렇듯 갑작스레 경허를 떠나보낸 만화스님은 황망한 가운데 깊은 생각에 잠겼다.

 '무엇이라고? 산을 산으로 보고 물을 물로 보라 이르셨으니 어머니를 어머니라 부른다?'

 만화스님의 생각은 계속 이어져 자신의 미망을 자책하기에 이르렀다.

 '산은 산이요, 물은 물인데 어찌하여 산을 산으로 보지 못하고 물을 물로 보지 못하는가!'

 만화스님은 무릎을 치며 일어섰다.

 '아니 그럼! 어허 이거 내가 큰일을 저질렀구나! 도인과 함께 있었으되 도인을 알아보지 못했으니……'

 경허를 뒤쫓기 위해 나온 만화스님을 보고 사미승이 물었다.

 "어이구 추워! 아니 스님 왜 밖에 나와 계십니까?"

"너 곧장 달려가서 강주스님을 다시 모시고 오너라."
"강주스님은 벌써 십리도 더 갔겠는데요?"
"허허 이런 낭패가 있나?"
 동학사를 나온 경허는 이미 산 하나를 넘어서고 있을 무렵이었다.

5
공덕 돌아오길 바라는 시주는 흥정

 1880년 어느 봄날, 겨울 내내 걷고 또 걸어 경허의 발길이 다다른 곳은 충청도 홍성 땅 연암산 밑에 있는 천장암이었다. 천장암은 사람의 발길이 드문 조그만 암자였다. 그러나 깊고 그윽한 맛이 있는데다 연암산 꼭대기인 까치고개에 올라가면 서해 바다가 펼쳐지고 있는 곳이었다.
 인적이 드문 산길의 곳곳에 불 타오르는듯 진달래가 가득한 봄날이었다. 터질 듯한 꽃망울과 새순이 돋아오르는 나무들 사이를 비껴 낡은 법복에 바랑 하나 짊어진 경허가 유유자적하게 걷고 있었다.
 이미 자아의 본질을 깨달았으나 그것을 지키기는 깨닫기보다 더 어려운 것, 경허는 옛 조사들의 행적을 좇아 발걸음을 옮기고 있었다.

　천장암에는 주지로 있는 태허스님과 어머니 박씨가 있었다. 태허스님은 속가에서의 그의 형이기도 했다. 아홉 살의 경허를 청계사에 출가시킨 이래 어머니 박씨는 천장암에 머물고 있었다.
　"객승 문안드립니다."
　"누구, 시옵니까?"
　"보다시피 나그네 중입니다."
　"예에? 스님이시라구요?"
　행색도 초라하고 게다가 수염까지 기른 사람이 스님이라고 난데없이 나타나자 천장암의 나이 어린 사미승은 당황해 어쩔 줄을 몰랐다.
　"허허 왜, 내가 수염을 기르고 있어 중으로 보이질 않는다 그런 말이냐?"
　"예에, 저—"
　"태허스님은 어디 계시는고?"
　"주지스님은 지금 법당에서 독경하고 계시는데요. 가서 모시고 올까요?"
　"아, 아니다. 독경 끝나시거든 동학사에서 나그네 중이 왔다고 말씀드려라."
　"예, 그럼 우선 안으로 드시지요."
　경허의 마음은 벌써부터 어머니에게로 가 있었다.
　"그보다도 노보살님은 절에 안계시느냐?"

"노보살님요? 아랫방에 계십니다만 잘 아시는 분이세요?"
"그래 잘 아는 분이시다."
"노보살님은 지금 낮잠을 주무시고 계시는 것 같던데 가서 일어나시게 할까요?"
"아 아니다. 일어나시거든 가서 뵙도록 하겠다."
"그런데 어떻게 노보살님을 다 알고 계십니까?"
"차차 알게 될 것이니라……."
이윽고 독경을 마친 천장암 주지 태허스님이 방으로 돌아왔다.
"문안드리옵니다, 형님."
"형님?"
느닷없이 나타난 거렁뱅이 차림의 사람이 자신을 형님이라고 부르자 천장암의 주지 태허스님은 깜짝 놀랐다. 도무지 기억에 없는 사람이었다. 인사를 마친 경허를 태허스님은 기억을 되살리려는 듯 뚫어지게 바라보았다. 그도 그럴 것이 경허가 아홉 살도 되기 전에 형제가 헤어졌으니 알아보지 못하는 것은 당연한 노릇이었다.
"그동안 어머님 모시고 심려가 많으셨겠습니다, 형님."
"허허 이런?"
"아니 왜 그러십니까? 형님."
"허허 이것 보게! 말끝마다 형님이라니!"
"아니 형님, 저라니까요. 제 얼굴, 기억이 안나십니까? 형님?"

"허허 그래두 또 형님 소리네."
"아니 그럼-"
"비록 우리가 혈육을 나눈 형제였지만 그것은 어디까지나 옛날 속가의 인연, 지금은 출가한 사문의 신분이 아니더냐?"
"하하하하"
느닷없이 경허가 큰웃음을 터트렸다.
"이 사람, 웃을 일이 아닐세!"
"그럼 대성통곡이라도 해드릴까요? 하하하하."
"허허 이런! 내 그렇지 않아도 의지할 데 없어 찾아온 속가의 모친을 어쩔 수 없이 노보살님으로 모시고 있는 것도 부끄러운 일인데, 게다가 아우네, 형님이네 이렇게 되면 내 무슨 얼굴로 사미승들을 볼 수 있겠는가?"
"하하하하 형님은 중국 제나라 도기스님이 법문을 하러 갈 때마다 어머니를 등에 업고 다니며 손수 봉양했다는 이야기도 못 들으셨습니까? 도기스님은 늘 이렇게 설법하셨습니다. '어머니를 직접 공양하는 자는 그 복이 십지 자리에 오른 보살과 같다'고 말입니다."
"허허 이 사람!"
"그뿐만이 아닙니다. 어머니가 늙고 병들자 대소변까지 손수 받아내면서 제자들이 맡겠다고 하면 뭐라고 하신지 아십니까? '나의 어머니이지 그대들의 어머니가 아니다. 어머니의 몸은 바로 내 몸이요, 몸이 있으면 반드시 괴로움이 따르나니 무엇 때문에 그대들을 수고롭게 하겠는가?' 하셨습니다."
"이것 보게! 그대의 법명을 무엇이라 부르는가?"
"옛날 아이 때 이름 동욱이라 부르셔도 좋고 성우라 불러도 좋고 경허라 불러도 좋습니다. 뭐라고 부르셔도 저는 이미 맑디 맑은 빈 거울이니까요."
"빈 거울? 그래서 경허란 말인가?"
20년 만에 만난 형제의 해후는 이렇듯 기묘했다.
바로 이때 어린 사미승이 숨을 헐떡거리면서 뛰어왔다.
"스님, 노보살님을 모시고 왔습니다."
사미승 뒤를 쫓아온 보살은 머리가 하얀 할머니, 수십년 세월의 흔적이었다.
"그래 동학사에서 온 스님이 날 찾는다구?"
방문이 열리자 경허가 뛰어나왔다.
"어머니!"
"이 사람, 경허!"
주지 태허스님은 끝내 어머니라고 부르는 경허가 못마땅한지 역정을 내었다.
"아니, 날더러 어머니라니?"
"접니다. 어머니! 둘째 아들이 왔습니다. 어머니!"
"아니 그럼 네가?"

"노보살님, 경허도 출가사문입니다."
"아닙니다, 어머니."
"아이구, 우리 동욱이 ……."
경허의 어머니는 드디어 울음을 터뜨렸다.
"어머니 이제 절 알아보시겠습니까?"
"철도 덜든 아홉살짜리를 청계사에 맡겨놓고 산을 내려오며 이 에미가 얼마나 울었는지……."
"어머니!"
"어디보자, 어디보자! 하두 보고싶어 청계사엘 갔더니 넌 이미 충청도로 떠나고 없었으니 에미 마음이 오죽했겠느냐?"
"그럼 동학사에 오시지 그러셨어요?"
"낸들 왜 동학사에 안갔겠느냐? 하지만 정을 끊어야 공부해서 스님이 된다기에 울면서 돌아서고 말았지."
"어머니!"
경허와 어머니는 오랫동안 부둥켜 안고 울었다. 20여 년이 넘게 쌓인 모자의 정은 마침내 강물이 강둑을 넘듯 절절한 것이었다.

청계사, 동학사를 거쳐 경허가 세번째로 머물게 된 천장암은 신라 진평왕 31년에 담화선사가 창건한 고찰이었다. 그러나 경허가 머물 당시에는 사찰에 딸린 논밭도 별로 없는 가난한 암자에 불과했다. 절 식구래야 주지스님과 상좌스님, 나이 어린 사미승이 한 명, 그리고 늙은 어머니와 경허 이렇게 다섯에 불과하였으나 공양을 잇기도 힘들 지경으로 어려운 절 살림이었다.
　경허가 천장암에 온 지 사흘째 되던 날 이른 아침.
　"스님, 주지스님."
　"왜 그러는고?"
　"말씀드리기 죄송하옵니다만……."
　어렵게 말을 꺼낸 사미승은 말을 계속 하지 못한 채 머뭇거리고 있었다.
　"왜 그러냐고 묻질 않았느냐?"
　"예, 저 실은, 공양 지을 양식이 떨어졌사옵니다. 스님."
　"아니 그럼 아침 공양거리도 없단 말이냐?"
　"아, 아니옵니다. 아침 공양은 겨우 지었사옵니다만……."
　"……알았느니라…… 나무관세음보살."
　아랫방에서 어머니와 함께 이야기를 나누던 경허가 이 소리를 들었다.
　"허허 어쩌다가 절집안 형편이 이렇게 되었는고."
　"그 많던 논이며 밭이며 다 빼앗기고 심지어는 산문서까지 다 내어주고 산 속에 덜렁 암자만 남았으니 오죽 하겠느냐? 게다가 백성들 살기가 갈수록 어려워지니 시주인들 변변히 들어와야 말이지."

"아무래도 제가 잠깐 나갔다 와야겠습니다."
"나갔다 오겠다니 어딜?"
"공양거리조차 없는 절간에 가만히 앉아 식객노릇을 할 수야 없는 노릇 아니겠습니까?"
한손에 주장자를 집고 등에는 걸망을 멘 경허가 마을로 내려왔다. 탁발을 위해서였다. 그러나 몇집을 돌았어도 워낙 어려운 살림들이라 선뜻 시주를 하는 집은 없었다.
"아아니 이렇게 이른 아침에 웬 목탁소린고?"
"탁발승 시주 좀 얻을까 합니다."
"탁발승이라고?"
목탁소리에 대문을 열고 내다본 주인 남자는 대뜸 인상이 험악해졌다.
"아니?"
"왜 그렇게 놀라시옵니까?"
"아니 그래 내가 놀라지 않게 생겼는가? 키는 9척 장신에 행색은 거렁뱅이로 목탁을 두드리니 대체 거렁뱅인가? 중인가?"
"하하하하"
경허는 주인 남자의 말에 큰소리로 웃었다. 그 웃음소리가 얼마나 크고 호방한지 주인은 다시 한번 놀랐다.
"웃어?"
"양식 얻으러 나왔으니 거렁뱅이가 분명하고 절에서 나왔으니 중 또한 분명한 줄로 아뢰오. 하오니 시주나 듬뿍 주시지요."
 "무엇이라고? 허허 이 괴상한 중이 말 솜씨 한번 번드드르 하구만 그래?"
 "하하 과찬의 말씀이시옵니다. 본디 소승의 말솜씨는 변변치 못하오나 기운 하나만은 항우 장사 소리를 들었는지라 일이라도 시켜주시고 시주를 주신다면 기꺼이 해드리겠습니다."
 "허허 이런! 점입가경이라더니 이 중이 지금 나를 놀리는겐가?"
 "어르신을 놀리다니 천부당 만부당 하신 말씀이옵니다. 소승은 다만—"
 "다만 어쨌다는건가?"
 "시주나 바랄 뿐입니다."
 "그래, 문자께나 쓰는 걸 보니 뭘 좀 배우긴 배운 모양인데 내가 시주를 하면 그 대가로 나에게는 대체 어떤 공덕이 돌아올 것인고?"
 "하하하하 시주한 대가로 공덕이 돌아오기를 바라오시면 그런 시주는 백번 천번을 해도 말짱 헛일이 될 것이옵니다."
 "공덕을 바라면 시주를 해도 소용이 없다는 말이렸다?"
 "그렇습지요."
 "에이끼 이런! 원 세상에 돌아오는 공덕도 없다는데 그 소리 듣고 시주할 놈이 세상 천지에 어디 있겠는가?"

"시주를 못받아도 거짓말이야 어찌 할 수 있겠습니까? 이 세상 모든 길흉화복은 자작자수요, 자업자득이니 자기가 지어서 자기가 받는 것, 시주를 하면서 그 대가로 공덕 돌아오기를 기대한다면 그거야 흥정이요 장삿속이지 참다운 시주가 아니옵니다."

"대체 어느 절에서 나온 중이요?"

"천장암에서 나왔습니다."

"천장암이라면 연암산에 있는 그 천장암이렷다?"

"예, 그렇습니다."

"못보던 중이라 시주는 못하겠으니 썩 물러가시오."

"나무아미타불 관세음보살."

그날 경허는 하루 종일 온마을을 다 돌아 탁발을 하였으나 시주는 별로 얻은 것이 없었다. 그도 그럴 것이 나라는 어지럽고 백성들 역시 끼니를 이을 양식조차 변변히 없어 시주를 할래야 할 수가 없는 형편이었다. 경허가 탁발을 나간 게 마음에 걸렸던 태허스님은 경허가 돌아오자 꾸지람을 하였다. 어려운 절살림을 들켜버린 듯 주지스님은 체면이 말이 아니라고 생각했던 것이다.

그런데 바로 그날 저녁 무렵이었다.

"스님, 스님."

숨이 턱에 차게 달려온 사미승이 다급하게 스님을 찾았다. 마침 법당을 가로질러 가던 주지 태허스님이 발길을 멈춰 물었다.
 "무슨 일로 그렇게 숨이 넘어 가느냐?"
 "주지스님말구요, 동학사 스님요."
 "동학사 스님? 그럼 경허스님을 찾는 게냐?"
 "예, 그렇습니다."
 "스님, 스님! 동학사 스님."
 "나 말이냐?"
 "예에. 빨리 좀 나와보세요. 글쎄 이진사라는 사람이 일꾼에게 쌀을 한 가마 짊어지워가지고 왔는데요. 키 크고 수염난 스님을 찾고 있습니다."
 의아하게 여긴 태허스님은 선뜻 발길을 돌리지 못하고 있었다. 그때 경허가 문을 열고 나왔다.
 "쌀을 가져와서 수염난 스님을 찾아?"
 "예."
 "하하 공덕도 돌아가지 않을텐데 시주를 하러 왔다구? 하하하하."
 이진사라는 사람이 쌀 한 가마를 일꾼에게 짊어지워 천장암을 찾아온 것은 큰 이변이었다. 당시는 배불숭유정책으로 불교를 탄압하여 승려들의 도성출입을 금지하는 한편 관아에서는 사찰에 대한 혹독한 재물 탈취가 공공연하게 이루어지고 있었다. 따라서 유생들이 사찰을 찾는다는 것은 생각조차 할 수 없는 일이

었다.

"아이구 스님 좀 나오시랍니다요. 꼭 만나뵈야 한답니다."

"나를 만나야 할 일이 없다고 일러라."

"아이구 스님. 이진사님이 쌀을 한 가마니나 시주하러 오셨다니까요."

"이진사건 박진사건 그런 사람 난 알지 못하느니라."

"아이구 참, 스님 오늘 아침에 스님께서 그 집에 오셨더라고 그러던데요."

"허허 그 녀석, 이른 대로 전하지 않고 웬 말이 그렇게 많은고? 공양미를 가져 왔으면 시주하고 돌아가면 그만일 것을 어쩌자고 나오너라 들어가라 번거롭게 하는고."

그러나 공양미 한 가마를 가져온 이진사는 기어이 수염난 스님을 보고 가야겠다고 우겼다. 그 고집 또한 만만치 않아 이진사는 끝내 절 마당에 버티고 선 채 자리를 뜰 생각을 하지 않고 있었다. 사미승이 하는 말을 들은 척도 안하는 경허를 보다못해 어머니 박씨가 거들고 나섰다.

"아이구, 저 아무래도 동학사 스님이 나가봐야 될 것 같구먼."

"글쎄 저는 그런 사람 모른다니까요."

경허는 어머니 박씨의 말에도 변함이 없이 단호했다.

"그래도 그렇지, 아 요즘 세상에 저 먹고 살기도 어려워서 겉보리 한 됫박도 시주하기가 어려운데 아 한 가마나 되는 쌀을 그것도 백옥같이 하얀 쌀을 가져왔으니 세상에 이렇게 고마울 데가 어딨어? 그러니 인사로라도 찾아온 손님 만나뵙는 게 도리가 아니겠는가?"

"하하하하 겉보리 한 됫박보다 쌀 한 가마가 그렇게 커보이십니까, 어머니?"

"아 그야 이를 말씀인가! 내 육십 평생에 아직 쌀 서말도 못 먹었을텐데……"

그 말을 들은 경허는 새삼스런 연민과 함께 죄송스런 마음이 들어 한숨을 토하였다.

"그러셨겠습니다. 어머니. 허나 앞으로는 원없이 한없이 하얀 쌀밥만 드시도록 해드리지요."

"무슨 수로 하얀 쌀밥만……"

"허허허허 꼭 그렇게 해드리겠습니다."

무슨 생각이 들었는지 경허는 고집을 꺽고 이진사를 만나기 위해 나갔다.

"그래 나를 보자고 하셨습니까?"

"허허 맞았소 맞아, 오늘 아침 우리집에 왔던 바로 그 중이로구먼."

"허허 그러고보니, 시주를 하면 무슨 공덕이 돌아오냐고 물으시던 바로 그 분이시로군."

"여 여보시오 대사."

"허허허— 아침에는 거렁뱅이냐 중이냐 묻더니 어쩐 일로 갑자기 대사라 부르십니까?"
"아침에 시주를 받으러 왔을 때 그냥 빈손으로 돌려 보낸 게 아무래도 마음 속에 걸리질 않겠소."
"그래서 쌀 한 가마를 가져오셨다면 헛수고를 하셨소이다."
"헛수고라니?"
"부처님의 가르침은 아침 저녁으로 뒤바뀌는 게 아니니, 겉보리 한 됫박이나 쌀 한 가마나 공덕이 돌아오기를 바라는 시주에는 아무 효험이 없는 법! 냉큼 가지고 가시오!"
"이, 이것 보시오 대사!"
"멀고 험한 산길 어두워지기 전에 그만 어서 돌아가시오."
단호하기 그지없는 경허의 태도에 이진사는 주춤하였다.
"그, 그게 아니고 대사. 이 사람으로 말을 하자면 서산 홍성 안팎 2백리 안에서는 어지간히 눈이 밝다는 평판을 듣는 사람이오."
"사서삼경쯤은 눈을 감고도 달달 외우는 학식 높은 선비라는 말씀 같으신데?"
"그야 어디 사서삼경뿐이겠소, 장자만 해도 여러 번을 읽었소이다."
"그래서요?"
"아침에 다녀간 뒤로 어쩐 일인지 마음이 찜찜하고 편치 않아서 곰곰 생각해봤더니 아무래도 던지고 간 말 솜씨가 예삿중이 아니라는 그런 생각이 들었소이다."
 날이 어둑해지고 경허와 이진사가 주고 받는 얘기를 듣고 있던 사미승이 두 사람에게 방에 들어갈 것을 권했다.
 "어른들 말씀 나누는데 끼어드는 게 아니니라. 넌 가서 네 일이나 보도록 해라. 저녁 종칠 시간 넘기면 안되느니라."
 "대사, 내눈은 못 속입니다. 대사는 틀림없이 예삿중이 아니니 학문의 깊이는 얼마나 되며 덕이 무겁기는 얼마나 되는지 그걸 꼭 알아보고 싶어서 일부러 이렇게 찾아온 것이오."
 이진사의 말은 자못 확신에 차 있었다.
 이진사의 말을 듣던 경허가 갑자기 껄껄 웃었다. 영문을 모르는 이진사가 못마땅한 표정으로 경허를 쳐다보았다.
 "그래, 저울과 잣대는 가지고 오셨소?"
 "예? 저울과 잣대라니요?"
 "내 학문의 깊이가 어떻게 되며 내 덕의 무거움이 얼마나 되는지 그걸 재보려면 잣대와 저울을 가져 왔을 게 아닙니까?"
 "원 대사님도 농을 다하십니다 그려. 학문의 깊이와 덕 높고 낮음이야 잣대나 저울로 재보지 않더라도 머리로 아는 것 아니겠습니까?"
 "으악!"
 경허가 느닷없이 소리를 지르니 이진사는 기절할 듯 놀라 주

춤 한발 뒤로 물러섰다.
 "아니, 갑자기 왜 소리는 지르십니까?"
 "잣대나 저울로 재보지 않고 달아보지 않아도 알 수 있다고 하니 방금 지른 내 소리는 몇근이나 됩니까?"
 "예에?"
 "남의 학문을 저울질하고 남의 덕망을 잣대질하려는 것은 부질없는 짓이라는 것을 어찌 모르십니까?"
 몇 마디 문답만으로도 경허가 보통 스님이 아니라는 것을 이진사는 단박에 알아차리게 되었다. 탁발을 나갔다 마주친 인연으로 경허와 이진사는 단 하룻 만에 십년지기처럼 다정하게 마주앉아 밤이 깊도록 천장암에 머물며 정담을 나누게 되었다.
 경허가 이진사의 찻잔에 차를 따르고 있었다.
 "자, 차 한잔 더 드시지요."
 "아이구 이거 차 대접까지 받게 되다니 큰 광영입니다. 하하하."
 이진사가 찻잔을 내려 놓으며 변명하듯이 말을 이었다.
 "아까도 잠깐 말씀을 드렸습니다만 우리들 유생입네 선비네 하는 사람들은 네 문장은 짧네 내 문장은 깊네, 네 학식은 얕고 내 학문은 깊네, 저울질하는 버릇이 들어놔서요."
 "그거야 유생도 유생 나름이고 선비도 선비 나름이지요. 우리 불가에서도 도의 깊고 낮음을 저울질하려 들고 잣대질하려 드는 어리석은 무리들이 아주 없는 것이 아니라 옛스님들이 엄히 꾸짖었습니다. '어찌 세치도 안되는 혓바닥으로 3만 8천 리도 넘는 도를 감히 잣대질하려 드느냐?'"
 "허허허 그것 참 속이 시원한 꾸중이십니다 그려, 허허허."
 "귀공께서 숭상하시는 공자께서는 또 얼마나 큰 도를 보여주셨습니까?"
 "아니, 그럼 불도에 계신 대사께서도 우리 공자님을 좋아하신단 말씀입니까?"
 "좋아하는 정도가 아니라 경배합니다."
 "아니 그렇다면 그것은 불도에 어긋나는 일이 아니겠습니까? 우리 유생들은 불도를 배척하고 있는 터에……."
 "부처님은 그렇게 가르치지 않으셨습니다. 이 세상 모든 만물은 다 소중한 것이니 제 각각 다 옳고 제 각각 다 제일이니라 하셨습니다."
 "아니 그렇다면……."
 "나만 옳다, 내 스승만 옳다, 나만 제일이다 하는 생각은 어리석은 것이라는 거지요."
 "그럼 기왕에 공자님 말씀이 나왔으니 감히 여쭙겠습니다만 공자님도 성인이시고 부처님도 성인이시라는데 그럼 과연 두 성인 가운데 어떤 분이 더 뛰어난 성인이라고 여기시는지요?"
 "날더러 잣대로 재고 저울로 달아보라 그런 말씀이십니까?"

"아 아니, 꼭 재보고 달아보라는 말씀은 아니옵니다만……."
"말씀드리지요. 바닷가에 사는 사람들 가운데서 말을 잘 타는 사람이 제일이겠습니까? 아니면 배를 잘 타는 사람이 제일이겠습니까?"
"아 그야 바닷가에서는 배를 잘 타고 노를 잘 젓는 사람이 제일입지요."
"그러면 아이를 키우는데는 어머니가 제일이겠습니까 아버지가 제일이겠습니까?"
"아 그거야 물으나마나 어머니가 제일입지요."
"그러면 농사를 짓는데는 농부가 제일이겠습니까? 선비가 제일이겠습니까?"
"아 그거야 농사를 짓는데는 농부가 제일입지요."
"비유하자면 이 세상 모든 이치는 그와 같습니다."
"그와…… 같다니요?"
"석축을 쌓는 데는 돌이 제일이요, 허기진 배를 채우는 데는 밥이 제일이요, 목 마를 때 목을 적셔 주는 데는 물이 제일입니다."
"……그렇다면……?"
"이 세상에는 그동안 수많은 성인이 다녀가셨습니다. 허나 배고팠던 사람에게는 밥을 먹여준 사람이 제일일 것이요, 추위에 떨었던 사람에게는 옷을 입혀준 사람이 제일일 것이요, 물에 빠졌던 사람에게는 물에서 건져내준 사람이 제일일 것이요, 길을 잃고 헤매던 사람에게는 길을 가르쳐준 사람이 제일일 것이니 시절 따라 사람 따라 인연 따라 어떤 성인에게서 어떤 가르침을 얻었느냐에 따라 모든 성인은 다 제일이요, 존경할 분. 이 세상 모든 만물은 저마다 다 존귀한 것이요 제 각각 제일이라 이르셨으니 이것이 곧 부처님의 너그러운 가르침입니다.
 "과연 스님은 도를 깨우친 대사님이십니다."
 경허와 이진사의 정담은 날이 새도록 계속되었다.

6
마음의 눈으로 보고
마음의 귀로 들어라

그 다음날 아침, 사미승이 태허스님의 부름을 전하기 위해 경허를 찾았다.
"사미승 도인스님께 문안드리옵니다."
"어떤 스님한테 문안드린다고?"
"예, 사미승 도인스님께 문안드린다고 말씀을 올렸습니다."
"방을 잘못 찾았느니라. 이 방에는 그런 스님이 안계신다."
"동학사에서 오신 스님이 바로 도인스님이 아니십니까."
"고얀 놈! 내 법호는 거울 경자, 빌 허자, 경허라고 하느니라."
"알고 있사옵니다, 스님."
"알고 있다는 녀석이 조금 전에 나를 뭐라고 불렀느냐?"
"예, 저⋯⋯ 이진사님께서 도를 깨우치신 대사님이라 부르신 걸 들은 연고로⋯⋯."

"네 이 놈! 어른들이 나누는 법담을 숨어서 엿들으면 엿들은 한쪽 귀가 당나귀 귀가 될 것이니라."
"……예! 아니, 그럼 제 왼쪽 귀가 당나귀 귀가 될 것이란 말씀이시옵니까?"
경허가 짐짓 화를 내 소리를 높였다.
"고이얀 놈! 왼쪽 귀로 엿들었느냐?"
당나귀 귀가 된다는 경허의 말에 울상이 된 사미승이 경허에게 사정을 했다.
"예, 저 노보살님이 무슨 말씀들을 밤새도록 나누시는지 모르겠다고 하시기에 그랬습니다. 스님, 용서하여 주시옵소서."
"그래, 됐느니라. 왼쪽 귀가 커지거든 다음 번 엿들을 적에는 오른쪽 귀를 쓰도록 하면 짝이 맞을 것이니라……."
"아이구, 스님! 그럼 정말로 소승의 귀를 당나귀 귀로 만들어 버릴 작정이시옵니까요, 예?"
"허허허허…… 그래, 나한테 문안 드린 까닭이 무엇이던고?"
"예, 저 주지스님께서 모셔오라 하셨습니다."
"주지스님은 법당에 계시렸다?"
"예."
경허는 이렇듯 어린애처럼 순진한 데가 있었으니 경허라는 법호 그대로 맑디맑은 거울 같은 심성이었다. 주지스님을 만나기 위해 법당에 간 경허는 독경이 끝나기를 기다려 크게 절을 하고

앉았다.

"법당이 많이 퇴락했습니다. 주지스님."

"아니, 아우가 오늘은 어쩐 일인가? 날더러 형님, 형님 하고 부르더니 주지스님이라고 하게?"

"주지스님은 어쩐 일이십니까? 절더러 경허, 경허, 하시더니, 아우라고 부르시게요?"

주지스님은 고개를 떨구면서 한숨을 내쉬었다.

"……내, 자네 얼굴 쳐다볼 면목이 없네."

"아니, 무슨 말씀이십니까?"

"보다시피 절은 낡아 법당마저 퇴락해가는데 절집안에 공양거리가 달랑거릴 지경으로 주변머리가 없는 중이고 보니……"

"원 별 말씀을 다하십니다, 주지스님. 스님께서는 그럼 삭발출가하실 적에 고대광실 으리으리한 절간에서 호의호식하실 작정이셨습니까?"

"옷 한벌 바루 하나면 더 이상 욕심 내지 말라고 부처님이 이르셨지만 명색이 그래도 주지를 맡았으면 주변머리가 어지간해야 할텐데 난 그렇지가 못했으니 부처님 뵙기가 부끄러울 뿐일세."

"아닙니다, 주지스님. 세간에서야 재물의 많고 적음으로 잘 살고 못사는 게 허울잔이 되겠지만 출가사문에게는 빈한한 게 결코 흉이 될 수 없습니다."

"대체 오늘은 무슨 일인가? 말끝마다 주지스님, 주지스님이니……."
"주지스님이라 부르고 싶으면 주지스님이라 부를 것이오, 형님이라 부르고 싶으면 형님이라 부를 것이니 제가 뭐라고 부르던 마음에 담아두지 마십시오."
"그럼 자네는 아직도 나를 형님이라 생각하고 자네는 아우라고 생각하는가?"
"제가 아버지라 부른다고 해서 제 아버님이 되는 게 아니오, 저를 할아버지라 부른다 해서 제가 곧 할아버지가 되는 것이 아니니 부르기야 뭐라고 부르던 명색이 무어 그리 중요하겠습니까?"
"부끄러울 뿐이야, 부끄러울 뿐이네."
"아니, 주지스님!"
"자네는 이미 깨달아 도를 이루었으되 중노릇을 더 많이 해온 나는 도 근처에도 가보지 못한 채 절 살림 한 가지도 제대로 꾸리지 못하고 있으니……."
"고정하시지요, 주지스님."
"나는 잘 알고 있네. 경허가 와서 머물렀다 하여 이 천장암은 후세에 길이 그 이름을 전하게 될 것이오, 속가 인연으로 이 태허가 경허의 형이었다 하여 부끄러운 내 이름이 두고두고 전해질 것이라는 것을……."

"법답지 않은 말씀을 어찌 입에 담으십니까? 저는 깨달은 적도 없고 깨달은 바도 없고 깨달은 것도 따로 없거니와, 옛날 중국의 개심사에서는 평생토록 절간 마당만 쓸던 스님이 문득 깨달아 성불하시었고, 또 옛날 중국 혜국사에서는 평생토록 방아만 찧던 천덕꾸러기가 문득 깨달아 성불하셨으니 깨달음에 이르는 길은 천가지 만가지, 부처님 시봉 한 가지 잘 드는 것도 좋은 인연이 될 것입니다."

경허가 천장암에 온 지도 어언 한 달이 다 되어가고 있었다. 경허는 옛조사록을 거울 삼아 참구하고 또 참구하기를 게을리하지 않았다.

객승이 묻기를 '마음을 깨달은 뒤에도 실천 수행할 필요가 있는 것이옵니까?' 하거늘 대답하여 가로되 미리부터 실천할 것이 있느니 없느니 하면서 스스로 미혹에 빠질 필요가 없는 것이니, 부지런히 자신을 채찍질 하여 깨달음이 밑바닥까지 도달하고 그렇게 해서 번뇌를 훌쩍 벗어나야만 실천 수행할 것이 있는지 없는지 저절로 알게 된다고 하였다. 그러나 일찍이 부처님이 이르시기를 착한 일을 많이 하고, 악한 일은 하지 말라 하셨거니와 대체 무엇이 착한 일이고 무엇이 악한 일이란 말인가? 수십년 공부에도 번뇌와 무명, 미혹은 남아 있어 경허는 밤낮으로 참구하고 참구하였다.

밤늦도록 옛조사의 경책을 펼쳐놓고 읽으며 경허는 날이 새는 것도 모를 적이 많았다.
"선과 악의 참된 뜻은 별다른 게 아니라 남에게 이로움을 주려는 것은 모두 선이요, 남에게는 해로움을 주고 자신이 이로움을 얻으려 하는 것은 모두 악이니, 남에게 이로움을 주면 일하는 과정에서 설사 다른 사람들로부터 욕을 먹고 배척을 당한다 해도 그것은 착한 일이요, 자기 자신에게만 이로운 짓을 하고 남에게는 해로움을 주면 설사 다른 사람들이 모르고 칭찬을 한다고 해도 그것은 악이니라. 입으로는 큰 사랑을 베푼다고 외치면서도 주인 몰래 남의 집에 들어가 불을 지르거나 세간을 부수거나 재물을 훔치면 그것은 곧 살아 생전에 붙잡혀 벌을 받지 아니하더라도 결국은 세세생생 화탕지옥에 떨어져 오백생을 견뎌야 그 죄과가 없어지느니 이것이 바로 큰 악이니라."
'남에게 이로움을 주는 것은 선이요, 남에게 해로움을 주는 것은 악이니……' 경허는 가슴 속 깊이 옛조사의 말을 새기고 또 새겨 참구하였다.
하루는 경허의 방을 지나던 노보살이 방에 불이 켜져 있는 것을 보고 인기척을 냈다.
"원 세상에 밤이 깊었는데 아직 불이 켜져 있으니 오늘 밤도 또 앉아 새려는가?"
"아니 어머님 아니십니까?"

경허는 읽던 경책을 밀어 내었다.
"왜 여태 주무시지 않으셨습니까? 들어오시지요."
"나이를 먹어 그런지 밤에는 잠이 오지를 아니하고 주책없이 낮에만 노곤해지니……."
"어머니, 이쪽으로, 아랫목으로 앉으셔요."
"몇십 년 공부를 하구도 더 할 공부가 또 남았어?"
"하하하 아 중이 밥 먹고 밥값을 하자면 염불하고 공부하는 것밖에는 달리 또 할일이 있겠습니까?"
"그래두 그렇지, 몸두 생각해가면서 염불도 하고 공부도 해야지, 원―."
"염려놓으셔도 됩니다. 저 같은 중은 이렇게 경책을 펴놓고 공부를 하거나 가부좌하고 앉아 공부를 하노라면 마음이 그저 편안하답니다."
"마음이 편안해진다구?"
"예에."
"그래서 스님들이 늘 그렇게 마음 공부한다 마음 공부한다 그러시는 겐가?"
"그렇습니다 어머니."
"아 그렇게 좋은 것이 마음 공부라면 이 늙은 것두 좀 배웠으면 좋으련만……."
"정말이십니까 어머니? 정말로 마음 공부하고 싶으세요?"

경허는 어린애처럼 표정이 밝아지며 저도 모르게 목소리가 커졌다.
"무식하고 늙은 것도 배울 수만 있다면야……."
"염려하지 마십시요. 이 마음 공부라고 하는 것은요, 나이하고는 아무 상관이 없습니다."
"정말루?"
노보살이 믿기지 않는다는 듯 되물었다.
"그러믄요. 아이도 배울 수 있고 노인도 배울 수 있고ㅡ."
"글자도 모르고 학식이 없는데두?"
"아무 상관이 없습니다. 그저 이 마음 공부는 아무나 다 배울 수 있구요. 마음 공부를 해놓으면 마음으로 세상을 보고 마음으로 세상 소리를 다 들을 수 있으니ㅡ."
"신통력이 생긴다는 게야?"
"한 번 배워 보시겠습니까?"
"어떻게 배우는 건지 원……."
"자 그럼 어머니, 이 등잔불을 끄겠습니다."
경허는 곧 입김을 불어 등잔불을 껐다.
"훅!"
"아이구 깜깜해!"
"가만 계십시요. 깜깜해서 아무것도 보이지 않으시지요?"
"아, 아무것도 안보여."

"두 눈을 뜨고 계신데도 아무 것도 안보이십니까?"
"안 보여, 아무것두."
"뜨다 감았다 하는 이 육신의 눈으로는 어두워지면 아무 것도 볼 수 없는 것이 당연한 일입니다. 어머니."
"아 그거야 나두 알지."
"자 그럼 이번에는 두 눈을 감아 보십시오."
"눈을 감으라구?"
"예, 질끈 감지 않으셔도 됩니다. 편안하게 지긋이 두 눈을 감아 보세요."
"감았어."
"그대로 가만히 감고 계십시오."
노보살은 경허가 시키는 대로 눈을 감고 있었다. 편안한 마음이었다.
경허가 나지막하게 어머니를 불렀다.
"어머니."
"왜?"
"옛날 저 어렸을 적에 함께 살으셨던 전주 자동리 우리집 생각나시지요?"
"그럼, 생각나지."
"그때, 우리가 살았던 그 초가집 눈에 선하시지요."
"선하지."

"사립문도 선하시구요?"
"그럼!"
"물 길으러 다니시던 동네 우물도 보이시지요?"
"그래."
"그때 들었던 소울음소리도 들리시지요?"
"……그래."
 옛날 전주 자동리의 초가집, 낳은 지 며칠이 지나도록 울지 않아 애태우게 하던 아들…… 그 모든 것이 얼마 전의 일인 듯 눈에 선하였다.
 "그것 보십시요, 어머니. 어머니는 지금 마음의 눈으로 옛집을 보셨고 마음의 귀로 옛소리를 들으셨으니, 마음의 눈으로 세상을 보고 마음의 귀로 소리를 듣는다는 것이 바로 이것입니다."
 "마음의 눈, 마음의 귀?"
 "예 어머니."

7
홍주목사의 문초가 문답으로

 9척 장신의 거구에 수염을 길게 기른 괴상한 스님이 천장암에 와있는데 그 스님이 도통했다는 소문이 인근 마을에 퍼지자 사서삼경께나 읽었다고 우쭐대던 양반들은 심기가 불편했다. 어느 날 인근 고을의 김참봉이 찾아왔다. 직접 경허를 만나 소문의 진위를 확인하기 위해서였다.
 "에헴…… 음, 게 아무도 없느냐?"
 천장암을 찾은 김참봉은 거들먹거리며 절문에 들어선 후 소리를 높였다. 그러나 내다보는 사람 하나 없이 뜰안에는 독경소리만 가득할 뿐이었다.
 "허허 이런, 무슨 놈의 절간에 사람 그림자도 안보이는고? 여봐라, 이 절간엔 아무도 없느냐?"
 그제서야 사미승이 문을 열고 내다 보았다.

"누구시옵니까?"
"이 절간에 수염을 길게 기른 중이 분명히 와 있으렸다?"
"이 절간에 수염을 길게 기른 중은 없사옵고 스님은 한 분 계십니다만, 왜 그러십니까?"
"허허, 이런 고얀…… 야, 이녀석아!"
"말씀 삼가해서 하십시오."
"무엇이? 말씀을 삼가해서 하라?"
"소승 비록 나이는 어리지만 엄연히 삭발 출가하고 사미계를 받은 사문이온데 이 녀석 저 녀석이라니 좀 지나친것 아닙니까?"
"허허 이런 당돌한 녀석 좀 보게. 어른이 뭘 물어보았으면 점잖게 대답이나 할 것이지…… 너 분명히 어른을 놀렸겠다?"
"점잖은 물음에는 점잖은 답변을 올리는 게 도리이오나 상스런 물음에는 상스런 답변이 가는 법입니다."
"뭐 뭣이…… 어째? 상스런 물음에는 상스런 답변? 아니, 이놈이 감히 누구 앞에서 입을 함부로 놀리는고?"
어린 사미승이 시시비비를 가리며 따지고들자 화가 난 김참봉은 마구 소리를 질렀다. 김참봉의 소란에 노보살이 나와 물었다.
"아니, 대체 뉘신데 이렇게 나이 어린 사미승과 입다툼을 하고 이러십니까?"
"하하…… 나 이런 참…… 할멈도 들었을 텐데, 요 맹랑한 녀

석 입 놀리는 소리를."
"할멈이 아니라, 노보살님이십니다. 말씀 좀 삼가해서 하십시요."
사미승이 김참봉을 점잖게 나무랐다.
"허허 이렇다니까, 들었지 할멈? 이 녀석이 글쎄……."
노보살은 다시 한번 물었다.
"어디서 오신 뉘신진 모르겠습니다만 대체 무슨 일로 오셨는지?"
"내가 누구냐? ……참봉이다, 참봉, 김참봉!"
"예, 참봉 어른이시구만요."
참봉이라는 말에 기가 죽은 사미승이 변명하듯이 말하였다.
"수염 기른 중을 찾기에 이 절에 수염 기른 중은 없고 스님은 계신다고 대답했더니 이렇게 펄펄 뛰고 이러십니다."
"아, 그럼 어서 말씀 전하지 않구 왜 어르신네께 말대꾸를 하셨는가? 어서 가서 전하시게."
노보살이 사미승을 책망하는 한편 경허를 불러오도록 재촉하자 김참봉은 헛기침을 해가며 거드름을 피우고 있었다. 방안에서 자초지종을 다 듣고 있던 경허는 무슨 생각이 들어선지 순순히 밖으로 나왔다.
"이 중을 찾으신다구요?"
방에서 나온 경허를 김참봉은 비아냥거리며 위아래로 훑어보

앉다.
 "흥, 듣던 대로 수염 하나는 잘 길렀군 그래."
 "이 수염 말씀이십니까?"
 "수염을 기른 걸 보니 양반 행세, 대장부 행세는 되게 하고 싶었던 모양이로구먼?"
 "하하하하…… 그럼 참봉 어른께서는 수염만 기르면 염소도 양반으로 모시고 대장부로 대접하시겠습니다 그려? 하하하하……"
 "아니, 무엇이라고? 염소?"
 "설마하니 지체 높으신 참봉 어른께서 이 수염 구경을 하시자고 이 천장암까지 오시진 않았을 텐데요?"
 "대관절 어떻게 생긴 중인데 도통을 했느니, 달통을 했느니 헛소문이 퍼지나 해서, 그래서 온 거요. 정말 도통을 하기는 한건가?"
 "하하하하…… 헛소문을 듣고 헛걸음을 하셨으니 헛고생만 하셨습니다."
 "헛소문을 듣고 헛걸음을 했으니 헛고생을 했다?"
 "귀가 허하면 헛소문을 듣고, 눈이 허하면 헛것을 보고, 마음이 허하면 헛고생만 하는 법, 돌아가시거든 어리석은 백성들 잘 좀 가르치시지요."
 "그러잖아도 내 그래서 온 거요. 요즘 절에 시주가 들어오지

않아 절 살림이 어려워지니까 공연히 도통한 도사가 왔네, 달통한 중이 나타났네, 소문을 내가지고 어리석은 백성들에게서 시주를 걷어보자, 필시 그런 계략으로 헛소문을 퍼뜨린 게 아니겠느냐, 그래서 내가 직접 오게 된 것인데……."

"이런 속담 알고 계십니까?"

"무슨 속담?"

"개의 눈에 낯선 사람은 다 도둑으로 보인다고 했던가요?"

"뭐 뭣이라구? 개의 눈에는?"

"하하하하 옛속담이 그렇더라, 그런 말씀입니다."

경허의 수염을 보고 비꼬았다가 졸지에 염소꼴이 되었고, 헛소문을 퍼뜨려 시주를 얻으려는 게 아니냐는 말에 졸지에 개꼴이 된 김참봉은 씩씩대며 산을 내려갔다.

'오, 오냐…… 두고 보자…… 감히 나를 개에다 비유해서 봉변을 주었겠다…… 내 이놈의 절간을 그대로 놔두는지 어디 한번 두고 보아라.'

두 사람을 지켜보던 노보살은 걱정이 태산 같았다.

"아니 그래……어쩌자고 벼슬아치 비위를 건드렸어? 무슨 일을 당하려구?"

"염려하실 것 조금도 없습니다, 어머니."

"아이구, 관가 무서운 걸 벌써 잊었단 말야? 아버지가 뭣 때문에 화병으로 세상을 뜨셨는데?"

"그걸 제가 왜 모르겠습니까? 그리고 제가 왜 그걸 잊었겠습니까? 본디 나라의 주인은 백성이거늘 백성들 알기를 제 집 종으로나 알고 벼슬아치들이 온갖 가렴주구를 일삼고 있으니, 제발 사람 좀 되라고 한마디 일렀을 뿐입니다. 제발 사람 좀 되라구요."

"또 무슨 행패를 부릴지 천장암 일이 걱정이로구먼. 이젠 내줄 밭뙈기도 없는 형편인데……"

그때였다. 사미승이 허겁지겁 달려왔다.

"스님, 스님…… 이 일을 어찌하면 좋겠습니까?"

"왜 그러느냐?"

"왜 그래? 대체?"

"법당 지붕이 새는지 눈 녹은 물이 법당 안에 흘러 내립니다."

"아이구, 이 일을 어찌하면 좋단 말인고?"

경허가 머물고 있던 천장암은 신라 증평왕 31년에 탐화선사가 창건한 천년 고찰인데 그동안 조선 왕조의 배불정책으로 절살림이 궁핍해지다보니 법당마저 퇴락하여 지붕에 쌓인 눈이 녹아 흘러내릴 지경에까지 이르렀던 것이다.

"이것 보십시요, 여기도 새고, 저기도 새고…… 한두 군데가 아닙니다."

"아이구 이거 큰일났구먼. 법당 안에 이렇게 물이 흘러내리다니 올 여름 장마철을 어떻게 견딘다지……"

"그러게 말씀입니다요."
"너무 염려마십시오. 설마한들 부처님이 법당 밖으로 나앉으시게야 되겠습니까?"
"이러다간 영락없이 법당이 주저앉게 생겼으니 이 일을 대체 어찌하면 좋을는지 원ㅡ."
"낡은 법당은 새로 고쳐 지으면 되는 것, 염려하실 것 조금도 없습니다."
염려말라는 경허의 말에 노보살은 당치 않다는 표정을 지었다. 그도 그럴 것이 공양마저 어려운 절 살림이었던 것이다.
"법당을 고쳐지어? 무슨 돈으로?"
"아 그거야 시주를 얻어다 지으면 되는 것 아니겠습니까?"
"시주를 얻어다가 이 법당을 고쳐 짓는다구?"
"천 년 전에도 그렇게 지으셨으니 우리라고 못할 일이 어디 있겠습니까?"
"그야 그렇습지요."
"이 근방 사정을 잘 몰라서 그렇지, 아 주지스님 말씀 듣지두 못했어? 왼종일 다리 아프게 돌아다녀봐야 시주하는 건 겨우 좁쌀 몇 됫박인 걸ㅡ."
"인연 닿는 중생은 반드시 있게 마련이니 이 법당은 반드시 반듯하게 지어질 것입니다."
"아 정말로 그렇게만 된다면야 얼마나 좋을까?"

"주지스님 돌아오시면 권선문을 만들어서 시주를 얻도록 하겠습니다."

그러나 권선문을 채 만들기도 전 천장암에는 날벼락이 떨어졌으니 관가에서 보낸 포졸이 들이닥친 것이다.

"이봐라! 이 절에 은거하고 있는 수염난 중은 냉큼 나오너라. 홍주 목사의 명을 받들어 잡으러 왔느니라."

"하하하하 나를 잡으러 왔다구?"

"그렇느니라!"

"하하하하 길을 잘못 들었느니라."

"뭣이라구? 여기는 천장암이 분명하거늘 길을 잘못 들다니?"

"보다시피 천장암은 가난한 암자요, 중은 본래 발우 하나 누더기 한 벌이 전 재산, 홍주목사께 바칠 게 아무것도 없으니 이는 분명 길을 잘못 찾아온 게 아니고 무엇이겠느냐?"

"허허 이거 괴상하게 생긴 중이 괴상한 소리를 하고 있네. 바칠 것이 있건 없건 그건 내가 알 바 아니고 수염 기른 중을 잡아오라 했으니 너를 잡아가야겠다, 썩 나서거라!"

"이 경허를 잡아오라 분명히 그랬는가?"

"경헌지 허경인지 그런건 모르겠고 키 크고 수염 기른 중을 잡아오라 했느니라."

"그렇다면 아주 잘 되었구나. 내 그렇지 않아도 홍주목사를 찾아가려던 참이었는데 이렇게 길잡이까지 보내주셨으니 어서 앞

장 서거라."

"뭐 뭣이, 길잡이에 앞장을 서라? 이 오랏줄은 어떻게 하고?"

"내 발로 걸어갈 테니 소용없을 것이니라."

이렇게 해서 경허는 홍주목사 앞까지 가게 되었다.

"네 이놈! 여기가 감히 누구 앞이라고 무릎을 꿇지 않고 뻣뻣하게 서있는고?"

"옛부터 지존하신 임금께서도 출가사문을 무릎 꿇게 한 일은 없었으니 그만한 법도는 아실 줄로 아옵니다."

"무엇이라고, 지존하신 임금님께서도?"

"그러하옵니다."

"네 이 놈! 네 죄를 네가 알렸다? 일부러 수염 기르고 누더기 걸치고 거짓으로 도인행세를 해서 혹세무민하여 재물을 긁어들일 계략으로 헛소문을 퍼트린 게 분명하렸다?"

"하하하하—."

"아니 감히 누구 앞이라고 웃어대는고?"

"재물은 갖고 싶은 것 이미 다 가졌거늘 출가한 중이 무슨 재물에 더 욕심을 내겠습니까?"

"갖고 싶은 재물을 이미 다 가졌다고 했겠다?"

"그러하옵니다."

"그래 그렇게 주리를 틀기 전에 이실직고를 순순히 해야 하느니라. 그래 재물을 무엇무엇 얼마나 챙겨 두었는고?"

"출가한 중에게는 발우 하나, 누더기 하나, 거기에 바랑하나 지팡이 하나면 족하다 하였으니 더 이상 무슨 재물이 필요하겠습니까?"
"아니! 이 놈이! 갖고 싶은 재물 이미 다 가졌노라고 이실직고를 해놓고도 딴 소리를 하는구나."
"재물이란 본시 더럽고도 깨끗하고, 좋고도 나쁜 것."
"아니 지금 무슨 헛소리를 늘어놓는고? 재물이 더러우면 더럽고 깨끗하면 깨끗한 것이지 더럽고도 깨끗하고 좋고도 나쁜 것이라니?"
"재물은 쓰기에 따라 더러운 것이 되기도 하고 깨끗한 것이 되기도 하니 비유하자면 똑같은 물이라도 독사가 마시면 독이 되고, 소가 마시면 우유가 되는 이치와 같은 것입니다."
"아니 그럼 정말로 재물을 탐하여 백성들을 속이기 위해 거짓 도승 행세를 한 게 아니란 말이냐?"
"남의 재물을 속임수로 빼앗거나 힘없는 사람 힘으로 위협하여 빼앗거나 남의 재물 몰래 훔치거나 그것은 모두 다 똑같은 도둑질이거늘 출가한 중이 어찌 그런 도둑질을 하려 하겠습니까?"
"허허 이거 말하는 솜씨를 듣자하니 내 듣던 바와는 사뭇 다르거늘 그렇다면 진짜 도인인가 거짓 도인인가 밤새도록 문초를 해서라도 내 기어이 밝혀내고 말 것이니라."

 홍주목사는 경허를 놓아주지 않은 채 기묘한 문초를 시작하였다. 어떻게든 경허가 가짜 도인 행세를 하고 다닌다는 꼬투리를 잡아 엄한 벌을 내리고 말겠다는 심산이었다.
 "내 다시 한 번 다짐을 하거니와 내 묻는 말에 시원스런 대답을 내놓지 못하면 그때는 도승을 사칭하여 혹세무민하려던 죄를 면치 못할 것이요. 엄한 벌을 받게 될 것이니 그리 알고 분명히 대답하렸다."
 "잘 알겠습니다. 말씀하시지요."
 "내 너를 잡아오라 한 것은 두 가지 죄가 있었음이니 첫째는 중의 신분으로 참봉에게 감히 언사를 농하여 염소니 개니 무엄한 비유를 들어 양반을 능멸하였으니 어김없는 사실이렸다?"
 "출가한 중의 안중에는 양반 상놈의 구별이 이미 없거늘 어찌 양반이라 하여 언사를 농하고 능멸할 수 있겠습니까?"
 "아니 방금 무엇이라고 했느냐? 출가한 중에게는 양반 상놈의 구별이 없다고 했느냐?"
 "그렇습니다."
 홍주목사가 탁자를 쳤다. 천민이나 다름없는 중이 반상의 구별이 없다고 하자 모욕을 당한 것이나 다름없다고 생각한 것이다.
 "이런 무엄한 놈! 여기가 감히 누구 앞인 줄 알고 함부로 입을 놀리는고? 지금 네 앞에 있는 나도 그럼 양반으로 보이지 않는단 말이냐?"

"부처님이 일찍이 이르시기를 사람은 누구나 태어남에 따라 양반 상놈으로 구별되는 게 아니라고 했습니다."
"아니 그럼 무엇으로 양반 상놈이 구별된단 말이냐?"
"부잣집 자식으로 태어났다고 해서 귀한 사람이 되는 것이 아니요, 가난한 집 자식으로 태어났다고 해서 천한 사람이 되는 것이 아니니……."
"그렇다면 대체 무엇으로 귀한 사람, 천한 사람이 구별된단 말이냐? 분명히 대답하렸다."
"부처님이 이르시기를……."
홍주목사가 다시 한번 탁자를 내리쳤다.
"허허 거 걸핏하면 부처님 소리 들먹이지 말고 속히 대답하렸다!"
"하는 짓거리에 따라서 귀한 사람도 될 수 있고 천한 사람도 될 수 있다 하셨으니 귀한 짓을 하면 귀한 사람이 될 것이요, 천한 짓을 하면 천한 사람이 되는 것이지 태어난 집안에 따라서 귀하고 천한 사람을 구별할 수는 없는 것입니다."
"이런 고약한 놈을 봤나? 아니 그럼 저 천한 갓바치나 백정의 자식이 하는 짓에 따라 양반도 되고 귀한 사람도 될 수 있단 말이냐?"
"그것이 바로 부처님의 평등심이요 큰 자비시니 만민이 믿고 의지하고 따르는 까닭이 거기 있습니다."

　경허를 혼낼 심산이었던 홍주목사는 한마디 한마디 경허의 말을 들으며 점점 기가 꺾이고 있었다. 그도 그럴 것이 경허의 말은 조목조목 한군데도 이치에 닿지 않는 것이 없었던 것이다.
　"그렇다면 너를 잡아오라 이른 까닭이 또 한 가지 있음이니, 거짓으로 도승을 사칭하고 사람이 죽으면 새가 되고 뱀이 되고 소가 된다, 언사를 농하면서 윤회니 환생이니 어리석은 백성들을 현혹한 죄는 어김없는 사실이렷다?"
　"소승 이미 도인이네 속인이네 하는 경계를 떠났고 이 세상 만물은 윤회하고 환생하는 게 어김없는 사실이거늘 그것이 어찌 죄가 된다 하십니까?"
　홍주목사는 다시 성을 내며 탁자를 내리쳤다.
　"이런 천하에 고얀 놈을 봤나! 아니 그래 감히 내 앞에서도 윤회니 환생이니가 옳단 말인가?"
　"소승 감히 한 가지 여쭙겠습니다. 대체 목사 어른께서는 어디서 오셨습니까?"
　"한양에서 왔다. 그런데 그걸 왜 묻느냐?"
　"한양에 계시기 전에는 어디에 계셨습니까?"
　"난 거기서 태어났고 거기서 자랐느니라."
　"그럼 태어나시기 전에는 어디에 계셨습니까?"
　"무엇이? 태어나기 전에는 어디에 있었느냐? 아니 귀신이 아닌 다음에야 그것을 어떻게 안단 말이냐?"

"사람은 누구나 아버지의 뼈를 빌고 어머니의 살을 빌려 세상에 태어났으니 바로 전에는 아버님, 어머님 몸 속에 있었고 그 전에는 할아버지 할머님 몸 속에 있었습니다. 허나 바로 보면 지수화풍 네 가지가 모여 잠시 생긴 것이니 사람의 뼈대는 흙의 성분이요, 사람의 살은 물의 성분이요, 사람 몸이 더운 것은 불의 성질이요, 사람 몸 속에 피가 도는 것은 바람의 성질이니 한 가지만 끊어져도 죽게 되는 것, 죽으면 흙의 성분은 흙으로 돌아가고 물의 성분은 물로 돌아가고 바람의 성질은 바람으로 돌아가고 불의 성질은 더운 기운으로 돌아가 흩어지는 것."

양미간을 좁힌 채 경허가 하는 얘기를 듣고 있던 홍주목사가 탁자를 치며 경허의 말을 중단시켰다.

"허허 이게 대체 무슨 귀신 씨나락 까먹는 소린고?"

"아니옵니다 목사 어른, 윤회니 환생이니가 눈에 보이는 물과 같은 것!"

"물과 같다니?"

"하늘에서 떨어지는 물방울을 비라고 하지요?"

"그, 그야 비라고 하지."

"그 빗물이 모여서 흐르면 개울물이라고 하지요?"

"그, 그래서?"

"그 물을 사람이 마시면 물은 사람 육신의 어느 한 부분이 됩니다."

"그, 그야 그렇지."

"다람쥐가 마시면 다람쥐의 육신이 되었다가 도라지 꽃이 빨아들이면 도라지 꽃이 되었다가, 도라지 꽃이 시들면 수증기가 되어 공중으로 올라갔다가 다시 구름이 됩니다."

"그, 그건 그렇겠지."

"빗방울이 되어 다시 땅에 떨어져서 배춧잎이 되기도 하고 과일이 되기도 하고 그 과일을 여자가 먹으면 여자 육신의 일부가 되었다가 때로는 여자의 눈물이 되었다가 때로는 땀방울이 되어 증발합니다. 한 방울의 물조차 인연에 따라 그 모습을 자꾸자꾸 바꾸면서 영원히 돌고 도는 것이요, 돌고 도는 것은 물뿐이 아니니 어찌 윤회한다 하지 않겠습니까?"

"허허 듣고보니 이치에 합당한 말이라 내 오늘에야 윤회가 무엇인지 알 것도 같지만 내 몇 가지 더 묻겠으니 어김없이 대답해야 할 것이니라, 알겠는가?"

한편 경허가 관가에 불려간 뒤로 밤이 깊도록 돌아오지 않자 천장암에서는 경허의 어머니 노보살의 걱정이 태산같았다. 노보살은 잠자리에 누웠다가 다시 나와 서성이길 여러 차례, 걱정이 되어 들락거리던 사미승도 팔짱을 낀 채 노보살의 주위를 맴돌고 있었다.

"으이구 추워, 노보살님, 이제 그만 들어가시지요."

"삼경이 다 되어가는데 어쩐 일로 이렇게 돌아오지 않는지 원……."
 "너무 걱정 마시구 그만 들어가셔서 주무셔야 합니다. 아 이러다가 노보살님 병이라도 나시면 어쩌려고 그러세요?"
 "아 이 늙은 것이야 이제 살면 얼마나 더 살겠어. 아무 변고도 없어야 할텐데……."
 "에이 설마한들 경허스님한테 무슨 변고가 있겠습니까? 아 경허스님이야 도를 통한 스님인데요."
 "관가에 벼슬아치들을 몰라서 그러지. 멀쩡한 백성들을 잡아다가 두들겨 패기가 여반장이라고 하지들 않던가?"
 "에이 참 노보살님도, 아 설마한들 제깐 것들이 도인스님을 두들겨 패기야 하겠습니까?"
 "아 그렇지 않으면 왜 여태 안돌아 온다는 거야?"
 "그 글쎄요, 아무래도 밤이 늦었으니 어디서 주무시고 내일 아침에 오실려나 보죠 뭐, 으이구 추워."
 "아 그렇게 떨지 말고 어서 가서 주무셔!"
 "노보살님은요?"
 "내 걱정은 마시구. 원 세상에 아무리 막되 먹었기로 삭발 출가한 스님을 오라가라 하는 세상이 됐으니…… 원."
 "에이 참 그때 제가 산에 나무만 하러 가지 않았어도 못가시게 하는 건데……."
 "에이구 제발 덕분에 별일이나 없어야 할텐데……."

"오늘 밤에 안오시면 제가 내일 아침 일찍 가서 모시고 오겠습니다. 그만 들어가세요."

"나이 어린 애기스님을 그 벼슬아치들이 거들떠나 볼려구…… 9척 장신 큰 스님도 잡아가는 판인데……"

"그럼 노보살님, 이렇게 하면 어떨까요?"

"어떻게?"

"이진사 어른을 찾아가보면요. 왜 지난 번 쌀 한 가마 시주해 주신 그 이진사 어른 말씀입니다."

"오늘 밤에 안돌아오면 그 어른한테라도 손을 좀 써주십사 부탁을 하는 게 좋겠구먼, 그 수밖엔 없겠지?"

"염려 놓으세요, 제가 찾아뵙고 잘 말씀 드릴께요."

경허의 어머니 노보살과 사미승이 밤잠을 못자며 걱정을 하고 있을 무렵, 경허는 홍주목사로부터 문초 아닌 문초를 받고 있었는데 한 가지 기묘한 일은 그토록 서슬이 퍼렇던 홍주목사의 기가 죽고 노기가 풀려 이제는 문초 아닌 문답을 하는 것이었다.

"대답을 듣고보니 혹세무민할 그런 중은 아닌 것 같은데 내 기왕에 한 가지 더 물어도 되겠는가?"

"예, 말씀하시지요."

"거 불교라고 하는 것은 내 그동안 별로 들은 것도 없거니와 알려고도 아니한 채 소 닭보듯 그저 그렇게 지내온 터인데 그

불교가 백성들에게 가르치는 것은 대체 무엇인고?"
 "45년 동안 부처님이 남겨주신 가르침은 하도 많고 많아서 경책에 기록되어 있는 것만 해도 이만큼 두꺼운 판으로 무려 8만4천여개나 됩니다."
 "아니 불교 경전이 그렇게도 많단 말인가?"
 "그렇습니다. 스물아홉 살에 출가해서 서른다섯 살에 깨달음을 얻으셨고 그후 45년간을 하루도 빼놓지 않고 가르침을 펴고 다니셨으니 그 말씀을 기록한 경전이 많을 수밖에요."
 "허허 그렇게나 많던가…… 그래 그 많은 경전에 담긴 가르침은 대체 무엇 무엇인고?"
 "나라 다스리는 법, 생업을 옳고 바르게 영위해서 성공하는 법, 부모에게 효도하는 법, 남편 공경 잘하고 아내를 제대로 대접하는 법, 편안하고 행복하게 한 평생을 사는 법들이 세세하게 다 들어 있습니다만 한마디로 말씀을 드리자면 옛스님이 이르신 대로 '착한 일을 많이 하고 악한 짓을 하지 말라', 이렇게 말씀드릴 수 있을 것입니다."
 "착한 일은 많이 하고 악한 일은 하지 말라."
 "그렇습니다."
 "에이끼 이런! 아 그거야 세 살 먹은 어린 아이도 다 아는 것이 아닌가?"
 "허나, 세 살 먹은 아이도 다 아는 것이지만 여든 살 먹은 노

인도 그것을 실행하기는 어렵다 하였으니 눈으로 보고 귀로 들어 배웠으면 그것을 손으로, 발로, 몸으로, 실행해야 한다고 다짐하신 것이 부처님의 가르침입니다."

"세 살 먹은 아이도 다 아는 것이지만 여든 살 먹은 노인도 실행하기는 어렵다?"

"그렇습니다."

"허허 듣고보니 거참 알아듣기 쉬우면서도 오묘한 뜻이 담겼으니 불법이 다 그렇게 쉽고도 오묘한가?"

"부처님의 가르침은 대기설법이셨으니 이는 곧 어린 아이에게는 어린 아이가 알아 듣게 비유를 하셨고 농부에게는 농부가 알아 듣게 비유를 드셨는데 하루는 나이 어린 제자들과 길을 가시다가 길가에 버려진 종이를 주워 냄새를 맡아보시게 하시고는 그 종이는 향을 쌌던 종이니 향내가 날 것이니라 하시고, 그 다음엔 길가에 버려진 새끼 토막을 줍게 하여 냄새를 맡아 보게 하시고는 그 새끼 토막은 생선을 꿨던 것이니 비린내가 날 것이라 이르시고 이렇게 말씀하셨지요.

'너희들이 친구를 사귀는 것도 이와 같느니라. 좋은 친구를 사귀면 향을 쌌던 종이처럼 착한 일을 하게 될 것이니 향내가 날 것이요, 나쁜 친구를 사귀면 생선을 꿨던 새끼 토막처럼 나쁜 짓에 젖게 되어 비린내가 날 것이니라.'"

"오호, 그러고보니 불교의 가르침은 과연 오묘하도다!"

불교 경전이 읽고 뜻을 해석하기에 어려운 한문으로 되어 있어 보통 백성들은 불교의 가르침이 무엇인지 알 수 없었던 것이 사실이었다. 따라서 절에 가면 무릎이 헤어지고 손이 닳도록 빌어 지극 정성을 나타냈던 것이 현실이기도 하였다. 그런데 이날 밤, 문초를 하기 위해 잡아들인 경허로부터 부처님의 오묘한 가르침을 전해 들은 홍주목사는 자기 자신도 모르는 사이 알기 쉽고 지혜로운 부처님의 가르침에 흠뻑 빠져들게 되었다. 문초하는 홍주목사의 입장에서 경허를 스승으로 모시고 불교를 배우려는 제자의 모습으로 변해 있었다.

"이, 이것 보시게 대사, 법호를 무엇이라고 하셨던고?"

"거울 경자, 빌 허자 경허라고 합니다."

"그 그래 경허대사, 기왕 우리가 이렇게 만나게 된 것도 기묘한 인연이렸다!"

"그렇습니다. 깊은 인연이 아니고서야 이 시절에 바로 이 홍주 땅에서 이렇게 만날 수가 없었겠지요."

"내 그동안 한 가지 궁금한 게 있었는데……"

홍주목사는 다락을 열어 무엇인가 한참 찾더니 종이 한 장을 내었다.

"자, 이걸 보시게."

"예."

"심즉시불(心卽是佛)이라, 내 외숙 한 분이 출가를 했었는데

이 글들은 그 분이 우리 어머님을 통해서 나에게 전하신 것이네만, 내 진서를 달통했으되 이 글의 뜻을 알지 못해서 늘 궁금했었으니……"

"심즉시불이라…… 다른 뜻이 있는 게 아니고 글자 그대로이니 마음이 곧 부처라는 말입니다."

"아, 그거야…… 그거야 낸들 모르겠나, 마음이 부처라니 그 뜻을 도통 모르겠다 그런 말씀이지."

"목사께서 이 중을 잡아오라 하실 적에 목사님의 손이 그렇게 시켰습니까?"

"손이 시키다니? 아니지."

"그럼 발이 그렇게 시켰던가요?"

"무슨 소릴 하고 있는 겐가, 지금?"

"자세히 들으십시요. 사람의 손이나 발이나 눈이나 입술이나 혀나 우리의 몸뚱이는 그저 시키는 대로 움직일 뿐 스스로 일을 시키거나 움직이질 아니합니다."

"손이나 발은 시키는 대로만 움직인다…… 그, 그야 그렇지."

"가거라 하면 가고 섰거라 하면 서고 앉거라 하면 앉고 말하거라 하면 말을 합니다."

"그, 그렇다면……?"

"가거라 하고 명령을 내리고, 섰거라 하고 명령을 내리고, 앉거라 하고 명령을 내리는 것, 그것이 바로 손발과 눈과 코, 입과

귀의 주인이니 그 주인이 바로 마음입니다."

"마음이 주인이라?"

"마음이 시키는 대로 움직이는 게 손발이요, 몸뚱이니 육신은 종이요, 마음은 주인인 셈이지요."

"아니 그렇다면?"

"이 육신의 주인인 마음을 맑게 깨우치면 그것이 곧 부처라는 말씀이니 마음을 늘 잘 다스리라는 뜻으로 이 글을 써주셨다 할 것입니다.

"그렇다면 대체 그 마음이라는 것은 어디에 있는고?"

경허가 종이를 만지며 말을 이었다.

"이 종이 속에는 들어 있지 아니합니다. 그렇다고 마음은 몸 안에 있는 것도 아니요, 몸밖에 있는 것도 아니며 또한 다른 곳에 있는 것도 아님이니, 마음은 형체가 없어 눈으로 볼 수도 없고, 손으로 만질 수도 없으며, 아직 아무도 그 실체를 본 사람이 없으니, 마음이라 이름을 붙여 놓았을 뿐 사실은 마음이라고 이름 붙일 수도 없는 것입니다."

"아니 그렇다면 마음이란 원래 없는 것이 아니겠는가?"

"그렇다면 대체 허공이란 있는 것입니까? 없는 것입니까?"

"허공? 허공이야 분명히 있지."

"어디에 있습니까?"

"아 왜 눈 앞에도 있고 머리 위에도 있고 지붕 위에도 있

고······."
"허공에 형체가 있습니까?"
"그야 만질 수는 없는 것이고······."
"마음도 그와 같은 것입니다. 보이지도 않고 형체도 없고, 만져지지도 않지만 바람이 있고 허공이 있듯이 이 마음이라는 것은 분명히 있어 언짢은 소리를 귀가 들으면 화를 내고 듣기 좋은 소리를 들으면 귀가 즐거워하고, 때로는 거짓말을 시키기도 하고 도둑질을 시키기도 하고 심지어 무고한 목숨을 빼앗기도 하고 때로는 오욕을 즐기라고 부추기기도 하니 온갖 착한 일도 악한 일도 마음이 시키는 것, 그래서 부처님은 마음을 바르게 닦고 마음을 단속하라 이르신 것입니다."
"오호, 듣고보니 과연 옳은 말씀이시네."
"그래서 부처님이 이르시기를 사람마다 마음을 바로 닦으면 삼천대천 세계가 곧 극락이요, 마음 하나 깨우치면 누구나 다 부처라고 가르친 것입니다."
"오호- 정말 오묘한지고. 여보시오, 대사 내 이제 눈이 좀 밝아진 것 같소이다."
홍주목사와 경허는 부처님의 가르침을 묻고 답하느라 하룻밤을 꼬박 밝히게 되었다. 거침없고 막힘없고 알아듣기 쉬운 경허의 대답을 통해 홍주목사는 부처님의 가르침에 흠뻑 젖어들게 되었다.

"허허 이거 내 궁금증을 푸느라 대사를 한잠도 못자게 했으니 이 신세를 어찌 갚는다?"
"원 별 말씀을 다하십니다."
"대사 덕택에 심즉시불이라는 이 글귀의 참뜻을 훤히 알게 됐으니 이제 그만 속이 다 후련해졌소이다."
"그렇게 받아들여주셨다니 감사할 따름입니다."
"내가 대사를 만나지 못했더라면 이 좋은 가르침을 영영 벽장속에 썩힐 뻔 하지 않았겠소? 응 허허허."
"눈과 귀로 보고 들어 배웠으면 그것을 몸소 실행하라 이르셨으니……."
"허허허허 그 설법은 아까두 들었으니 내 명심하고 있을 터, 크게 염려 안하셔도 될 거요. 이거 내가 지금 할 말은 아니지만 내 고을 목사로 부임한 지 3개월여, 그동안 이 고을 저 고을 돌아봤더니만 벼슬아치들 가렴주구가 극심했었구나 하는 걸 내 단박에 알 수 있을 정도로 백성들 원한이 사무쳐 있었소이다."
"그걸 알게 되셨다니 정말 큰 다행인 줄 압니다."
"내 이제 대사를 만나 부처님 바른 법을 제대로 배웠으니 이 육신의 주인인 이 요망한 마음을 잘 다스려서 백성들 원한이 없고 억울함이 없도록 이 홍주 고을을 잘 보살필 것이요."
"부처님의 은혜에 감사할 따름입니다."
"아니오, 감사는 내가 드려야 할 일, 벼슬 길에 오른 지가 내

이미 오래 되었거늘 이렇게 좋은 가르침을 얻게 된 것은 생전 처음이니 내 두고 두고 대사의 은혜를 꼭 갚으리다."
 "어질고 자비로운 마음으로 백성들을 잘 보살펴 주시는 것, 바로 그것이 부처님의 은혜에 보답하는 것인 줄 압니다."

 죽도록 매를 맞아 돌아올 줄 알았던 경허가 아무 일도 없이 돌아온 것을 보고 밤새 잠을 자지 못하고 걱정하던 천장암에서는 누구도 그 사실을 믿으려 하지 않았다. 그만큼 당시의 관가는 일반 백성들에게 공포의 대상이었다.
 "아니 그래 정말로 별일 없었단 말씀이신가?"
 "원 참 어머니두, 아 이렇게 멀쩡하지 않습니까? 자 보십시요."
 경허는 팔을 걷어보였다. 그러자 사미승이 경허의 바지를 걷어 올려 다리를 만져보았다.
 "어어, 정말 두 다리도 온전하시구······"
 아무래도 못믿겠다는 듯 사미승은 경허의 팔 다리를 자꾸만 만지고 있었다.
 "허허 이 녀석 어쩌자고 팔 다리를 만지고 이러는고?"
 "정말 아무데도 다친 데가 없어?"
 "걱정을 끼쳐 불효막심합니다만 정말 아무일도 없었습니다."
 "그래 그래 정말 다행이야, 그저 관가에 불려가기만 했다 하면 누구든 초죽음이 돼서 나온다고 하기에 난 그저……."

 그해 겨울에는 유난히 눈이 많이 내렸다. 퇴락할 대로 퇴락한 천년 고찰 천장암은 눈이 녹으며 흘러내리는 물로 늘 바닥이 축축한 데다 눈의 무게를 이기지 못해 법당 지붕이 내려 앉을 것을 염려해야 하는 지경이었다.
 주지스님 태허와 경허는 권선문을 만들어 법당을 새로 지을 시주금을 얻으러 다녔으나 백성들의 살림이 빈한한 탓에 좀체 큰 시주를 얻기가 어려웠다.
 그러던 어느날 해질 무렵이었다. 사미승이 경허를 찾았다. 사미승은 홍주관아에서 온 편지를 꺼내 놓았다.
 "어서 이걸 경허스님께 전하라고 했답니다."
 "아니 이건 홍주목사께서 보낸 편지가 아니냐?"
 홍주목사가 보내온 편지를 펼쳐든 경허는 그만 소스라치게 놀라지 않을 수 없었다.
 "내 읽어줄테니 잘 들었다가 주지스님께 잘 전해야 하느니라."

 '경허대사께 전하는 글이요. 내 일찌기 장원급제하여 벼슬길에 올랐거니와 조상님들의 큰 은혜를 대대로 입어 만석지기 재산을 물려받은 터라 의식주 어느 것 하나 부족함을 모르고 살았더니 근년 변방으로 돌며 농사짓는 백성들의 살아가는 형편을 접하매

심기가 매우 편치 않던 터였소이다.

척박한 농토와 고르지 못한 천기와 호랑이보다도 더 무섭다는 벼슬아치들의 가렴주구가 이토록 극심해서야 어찌 백성들이 배부르게 먹고 살아갈 수 있겠는가 혼자 한탄하기 여러 번, 허나 대체 무엇을 근본으로 하여 백성들을 다스려야 이 어지러운 세상을 바로잡고 이 무거운 가난에서 벗어나게 할 것인가 아득하기만 하였더니 기묘한 인연으로 대사를 만나게 되어 오묘하고 자비로운 부처님 가르침을 접하게 되니 대사의 설법을 들으매 눈이 저절로 열리고 귀가 저절로 뜨여 내가 해야 할 일, 내가 가야 할 길이 훤히 보이게 되었으니 이 크고 넓은 은혜 어찌 다 갚을 수 있겠소이까?

고향집 창고에 그득한 곡식을 실어다 백성을 먹이고 창고에 쌓여있던 옷감을 실어다 헐벗은 백성들 옷을 입히기 시작하였습니다. 어젯밤 소식을 들으니 대사께서 머물고 있는 연암산 천장암이 낡고 퇴락하여 허물어질 지경에 이르렀으니 이를 다시 일으켜 세우기 위해 주지스님과 대사께서 몸소 탁발을 다니시며 시주금을 얻는다 하니 부끄럽고 송구스러워 차마 고개를 들 수 없음이오.

법당을 세우시는데 소용되는 모든 재물은 이 몸이 다 맡고자 하오니 허락하여주시면 나에게 바른 길을 가르쳐주신 부처님과 대사의 은혜에 만분의 일이라도 보답할까 합니다. 부디 물리치지 마시고 받아주시기를 간청하오.
 대사께서도 이르기를 재물은 쓰기에 따라 추하기도 하고 깨끗하기도 하다고 하셨으니 백성들에게 나누어주고 법당 세우는 데 쓰는 것이 합당하올 줄 여기오니 부디 물리치지 마시기 바라오.'

 경허를 통해서 부처님의 가르침을 접하게 되었고 경허의 설법을 통해서 백성들을 바르게 다스리는 법을 깨닫게 된 홍주목사가 천장암을 위해 큰 시주를 하게 된 사실이 알려지면서 이를 계기로 대감 김온순은 큰 범종을 시주하겠다고 나섰고 참봉 김준근은 산을 시주하겠다고 나섰다. 그뿐이 아니었다. 전에 목사를 지낸 적이 있는 김동근도 천장암에 논과 밭을 시주하겠다고 나섰으니 경허의 덕이 얼마나 높았는지 짐작하는 것은 어려운 일이 아니다.
 어려웠던 천장암에 큰 시주가 들어와 걱정을 덜고 지낼 때였다. 경허는 바랑 속에 자신의 짐을 챙겨 넣었다. 짐이라고 해야 경책과 발우 정도, 더 있을 게 없었다.
 "갑자기 어딜 다녀오시려구?"
 "아닙니다, 어머니 저 연암산 깊숙이 들어가서 토굴을 짓고 공부를 더할까 합니다."
 "아니 그건 또 무슨 소리신가? 아 도까지 깨친 스님이 남은 공부가 아직도 더 남았다는 말씀이신가?"

"중이 공부를 게을리하면 손에 쥐었던 구슬도 날아가버리는 법이니 손에 쥔 구슬이 있는지 없는지 그 경계를 벗어날 때까지 보임을 더해야 하겠습니다."

"보임이라니?"

"마무리 수행을 더 열심히 해야 한다는 말씀입니다."

8
마음속에 그만 품고
개울가에 버리거라

　연암산 지장암 이라는 토굴로 들어간 경허는 1년이 넘는 기간을 토굴 속에서 보냈다. 그러나 그 기간은 보임하는 기간이었으니 보임이란 깨달은 도를 지키기 위해 스스로 수행하고 다듬어 나가는 것을 일컫는다. 보임기간 동안 경허의 수도는 깨달음에 이르기 위해 가졌던 용맹정진 못잖은 철저한 것이었다. 경허의 보임은 철저하기가 극치에 이르러 보통의 수행자로서는 상상하기조차 어려운 것이었다.
　일찍이 화두로 삼아 깨달음에 이르렀던 '노사미거 마사도래'를 타파한 경허는 이제 또다시 자신과의 싸움을 시작한 것이다.
　손수 솜을 놓아 두툼한 누더기옷 한 벌을 지어 입은 경허는 연암산 토굴로 들어간 보임기간 동안 면벽한 채 눕지도 자지도 않았다. 공양을 받아들고 대소변을 보는 일 외에는 어떠한 일에

도 몸의 자세를 흐트러뜨리는 일이 없었다. 세수하고 양치하는 일도 목욕을 하는 일도 없었다. 밖에서 사람들이 소란을 피워도 경허의 경계에 걸림이 있을 수 없었다. 절대로 귀로 듣지 않고 눈으로 보지 않으며, 몸으로의 일체 감각이 없었다.

이렇듯 토굴에서 자신과의 싸움을 하고 있던 어느날 어린 사미승이 경허를 찾아왔다.

"저 스님, 저……제가 말씀입니다……."

"허허 이 녀석, 무슨 소릴 하려고 이렇게 뜸을 잔뜩 들이는고?"

"이같은 산속에 스님 혼자 계시니 무섭지 않으십니까?"

"무서운 것이 없느니라."

"정말 아무것도 무섭지 않으세요?"

"산은 산대로 있고, 숲은 숲대로 있고, 물은 물대로 흐르거늘, 아무것도 가져갈 것이 없는 이 토굴에 도둑이 올리도 없는 일, 대체 무엇이 무서울리 있겠느냐?"

"그, 그럼 혼자 계시니까 적적하시기는 하시지요?"

"적적할 일도 없느니라."

"에이 참 스님두, 아 혼자 이 깊은 산속에 계시는데, 말동무도 없으시고…… 왜 적적하지 않다 하십니까?"

"산이 있고, 숲이 있고, 물이 있고, 허공이 있고 바람이 있으니 적적할 일이 조금도 없느니라."

"아니 그럼 스님, 산이나 바람이나 허공이 스님께 말동무라도 된단 말씀이시옵니까?"
"어디 말동무 뿐이겠느냐? 때로는 내가 모르던 것을 가르쳐주고 또 때로는 많은 것을 깨닫게 해주기도 하니 큰 스승이니라."
"아니, 산이나 물이나 바람이 뭘 스님께 가르친단 말씀이십니까?"
사미승이 궁금해 죽겠다는 얼굴표정으로 경허에게 물었다. 그러자 경허는 이렇게 읊었다.
"산은 날더러
산처럼 살라하고
물은 날더러
물처럼 살라하고
허공은 날더러
허공처럼 살라하고
바람은 날더러
바람처럼 살라하네.
옛 스님이 이렇게 읊으셨느니라."
"산처럼 살라하고 바람처럼 살라하고? 에이 그렇지만 스님, 산이나 물이나 바람이 스님 시봉은 못들지 않사옵니까?"
"허허, 요녀석 보게 너 이제 보니 딴 생각을 품은게 분명하렸다?"

"아, 아닙니다요, 스님. 제가 딴 생각을 품은게 아니구요. 노보살님께서 걱정을 하시길래 제가……."

"그래, 너도 이 토굴에서 지내고 싶단 말이냐?"

"예에— 허락만 해주신다면……."

"너는 이제 초심발자이니 해야할 공부가 따로 있느니라."

"여기서도 스님이 시키는데로 무슨 공부를 다하겠습니다. 스님."

"안되느니라."

"스님, 스님께서 그러시지 않으셨습니까? 공부라고 하는 것이 따로 있는 것이 아니니, 말하고 먹고 자고 앉고 서고 시봉들고 그것이 다 공부이니라."

"허허 요녀석."

"스님, 그럼 하룻밤만이라도 여기서 좀 재워 주십시오. 네에?"

"허허— 그래 밤새도록 굼실굼실 이한테 물어뜯기는 수행을 기어이 해보겠느냐?"

"예에, 해보겠습니다."

"물어 뜯는다고 해서 이를 잡아죽여서도 안되고 가렵다고 해서 긁어도 안되느니라."

"아, 알겠습니다."

사미승의 어리광섞인 부탁으로 사미승과 경허는 하룻밤을 깜깜한 토굴 속에서 함께 지내게 되었다.

"견딜만 하느냐?"
"예, 그런데 스님"
"왜?"
"정말로 이나 벼룩이나 사람 목숨이나 똑같은 것이옵니까?"
"그렇느니라."
"어째서 똑같다는 것이옵니까?"
"문을 열어보아라."
"문요? 예에."
"무엇이 보이느냐?"
"깜깜해서 아무것도 안보입니다."
"하늘을 보라고 그랬느니라."
"하늘요?"
"아무것도 안보이느냐?"
"별이 보입니다."
"몇개나 보이는고?"
"열개, 스무개, 아니 백개는 넘겠습니다."
"자세히 보아라 그것밖엔 안되겠느냐?"
"……백개는 더 되겠고, 천개는 되겠습니다."
"밤하늘에 끝이 보이느냐?"
"하늘끝이 어떻게 보이겠습니까? 밝은 대낮에도 안보이는데요."

"그렇다. 우주는 광대무변해서 끝이 없거니와 저 끝없는 허공 속에는 수수억개의 별이 있으니 우리가 살고 있는 이 땅덩어리도 저기 저 별들과 같은 것, 저 드넓은 허공에서 보면 이 땅덩어리에 붙어서 살고 있는 사람은 그야말로 티끌, 우리몸에 붙어사는 이보다도 더 보잘것 없으니 어찌 똑같은 신세라 아니하겠느냐?"

보임 1년 동안 몸도 씻지 않고 옷도 갈아 입지 않아 땀에 찌들은 누더기에서는 싸락눈이 내린 것처럼 이가 들끓었다. 이떼가 얼마나 많은지 마치 두부 짠 비지를 온몸에 문질러 놓은 것처럼 허옇게 되었다. 또한 이들의 놀라운 번식력으로 짓무른 경허의 온몸은 생채기가 되어버렸다. 그렇지만 경허는 한 번도 손을 대어 긁는 일이 없었다. 보임을 마친 경허가 옷을 갈아입을 때에는 헌옷에 있던 이들을 새옷에 옮겨 살게 하면서 결코 생명 하나도 죽이는 일이 없었다.

자신과의 무서운 싸움을 시작한 경허에게는 가렵다는 생각조차 일지 않았다. 경허의 감각은 이미 초탈의 경지에 있었다.

실로 상상하기 힘든 등신불이었다.

밤과 낮이 바뀌고 계절이 바뀌어도 경허는 움직일 줄을 몰랐다. 살이 무르고 썩은 냄새가 코를 찔러도 경허는 움직일 줄을 몰랐다. 무아의 경지에 달한 경허에게는 이미 냄새도 수마도 가려움도 어떤 느낌도 없었다.

경허의 이러한 용맹정진은 과거 조사스님들의 정진에서도 그 유례를 찾기 힘든 철저한 것이었다. 이 과정 동안 경허는 아직까지의 습과 번뇌 그리고 삶과 죽음의 경계마저도 모두 끊어 스스로 법신이 되었던 것이다. 이와같이 무서운 정진을 계속하던 어느날 경허는 벌떡 일어섰다. 문을 열어 주장자를 집어던진 후 입었던 옷을 벗어 던졌다.

1881년, 경허의 나이 서른세 살, 1년여에 걸친 토굴생활을 통해 깨달은 바를 확철하게 거머쥔 경허는 5백 96자로 된 오도가를 완결짓고 천장암에 머물게 되었는데 이 당시 마음의 경지를 이렇게 읊었다.

속세와 청산이
다른 것이 무엇이랴
봄빛이 있는 곳에
꽃 안피는 곳이 없으니
누가 만일 성우의 일을 묻는다면
돌로 만든 여자의 마음 속에
영원 저편의 노래가
있다 하리라

이때의 경허는 속세와 산속이 둘이 아니요, 산과 내가 둘이 아

니요, 산새 소리와 내가 둘이 아닌 그런 마음의 경지, 돌로 만든 여인의 석상이 마음 속으로 세상사를 초월한 영원한 노래를 부르는 그런 마음의 경지에 들어 있었다고 어느 시인은 묘파하기도 했다.

이때부터 경허는 천장암에 머물면서 서산에 있는 개심사, 부석사 그리고 예산 덕숭산에 있는 수덕사, 정혜암 등지를 두루 돌며 법회를 열어 살아있는 법문을 널리 펼쳐 보여주기 시작했다. 경허가 깨달음을 이뤄 살아있는 부처가 되었다는 소문이 자자했으니 천장암은 각지에서 몰려들어 법문을 청하는 불자들로 가득하였다.

경허는 많은 큰스님들 가운데서도 특히 서산대사의 가르침을 흠모하고 따랐다. 임진왜란 당시 칠십 노구에도 불구하고 승병을 조직해 직접 이끈 서산대사는 1604년 열반에 들기까지 경헌, 인오스님을 비롯한 천여 명의 제자를 두었다. 뿐만 아니라 『선가귀감(禪家龜鑑)』을 비롯, 100여 종의 저술을 남긴 고승대덕이다.

서산대사도 처음에는 교학에서 출발하여 참선으로 들어갔던 것처럼 경허도 처음에는 교리를 배우고 그 다음에 참선 수행을 했는데 교학과 참선 어느 한쪽만 중요하다고 한 것이 아니라 교학과 참선이 다 귀한 길이라고 강조했으니 서산대사와 경허는 이 점에 있어서도 똑같은 생각을 지녔던 것이다. 서산대사는 일찍이 그 마음의 경지를 다음과 같이 노래하였다.

본래 매인 데가 없고
번거로운 일이 없으니
배 고프면 먹고 고단하면 잠을 잔다
맑은 물 푸른 산에
마음대로 소요하며
어촌과 주막을 자유로이 오고가니
세월이 오고감을
도무지 모르는데
봄이 옴에 풀들은
여전히 저절로 푸르고 푸르구나

그뿐 아니라 어린애처럼 천진무구한 걸림없는 행동을 보여주기를 잘 하였으니 이 점에 있어서도 경허와 서산대사는 일치한다고 하겠다.

경허가 천장암에 머물고 있던 어느 해 무덥던 여름, 하루는 사미승을 데리고 탁발을 나갔다.

모처럼 내린 비로 하늘은 여느때보다 한결 높아 보였다. 속살거리듯 살랑거리는 바람은 부드럽기 그지 없었다. 멀리 산새들

의 지저귐과 풀벌레들의 울음소리가 산속의 정적을 깨트리고 울창한 숲을 뚫고 들어오는 햇살로 눈이 부신 오후였다.
 "스님 스님 이거 야단났습니다요. 간밤에 내린 비로 물이 불어 옷을 벗고 건너셔야지 그냥은 못건너겠습니다요."
 "네 이놈 아무리 날이 덥고 개울이 깊기로소니 출가한 중이 감히 옷을 훌훌 벗고 개울을 건너려 하다니 이는 법도에 어긋나는 일이니라."
 경허와 사미승이 막 개울을 건너려 하는데 등뒤에서 웬 젊은 여자가 급하게 경허를 불렀다.
 "스님 스님, 저 좀 보세요."
 "으음?"
 경허가 걸음을 멈춰 여자를 돌아보았다. 사미승이 여자에게 못 마땅한 듯 퉁명스레 물었다.
 "무슨 일로 그러십니까?"
 "그러잖아두 개울물이 불어 건너기 어려울 거라기에 걱정을 하고 있었는데 마침 잘 만났지 뭐예요?"
 "아니 우리를 잘 만났다니요?"
 젊은 여자는 뚱한 표정으로 되묻는 사미승의 말에는 대꾸도 없이 눈꼬리를 샐쭉히 치켜뜨며 경허를 바라보면서 은근하게 말을 건넸다.
 "스님-, 미안하지만 저를 등에 업어서 좀 건네 주시지 않겠어요?"
"날더러 말씀이신가?"
"에에 설마하니 이 어린 애기 중에게 업어 건네랄 수는 없는 일 아니겠습니까?"
"이것 보시오 젊은 부인, 당치도 않은 애기는 하지도 마십시오."
어린 사미승이 여자를 나무랐다.
"아니 그렇게 두눈을 부릅뜨면 나한테 덤벼들기라도 하겠다는 건가?"
보다못한 경허가 두 사람을 나무라듯 헛기침을 했다.
"허허 왜들 이러는고?"
"아니 스님, 내가 뭐 못드릴 부탁을 드렸습니까? 길가던 아녀자가 개울물이 깊어져 그냥 건널 수는 없고 아, 등좀 빌리자는데 그것도 잘못입니까?"
여자는 한층 높아진 목소리였다.
"아, 그리구 내가 등 좀 빌리자고 하면 설마한들 거저야 빌리겠습니까? 품삯을 주면 될 것 아니겠습니까?"
여자의 말이 끝나자 경허는 웃으며 말하였다.
"허허 그래, 품삯을 주겠다면 얼마나 주시겠소?"
"한푼을 드리겠어요."
"한푼은 안되겠고 두푼을 주신다면—"

"좋아요. 두푼 주겠어요."
경허는 결국 부인을 등에 업고 개울을 건네주었다.
"자, 무사히 개울을 다 건넜소이다."
"수고하셨네요. 자, 약조한 대로 품삯 두 푼을 받으셔요."
"두푼이건 한푼이건 품삯은 필요없으니 도루 넣으시오."
"기왕에 탁발을 다니면서 왜 품삯은 안받겠다는 겁니까?"
"품삯 대신에 다른 걸로 하지요."
경허는 느닷없이 여자의 엉덩이를 철썩 때렸다.
"아이구머니나, 아니 세상에, 저런 미치광이가 있어? 야! 이 중놈아!"
경허는 소리를 지르는 여자와 사미승을 남겨 둔 채 벌써 저만치 걷고 있었다.
"아니 스님 무슨 짓이옵니까?"
"재물이면 뭐든지 된다고 믿는 것들은 그렇게 버릇을 고쳐줘야 하느니라. 허허 고 요망한 것, 엉덩이 하나는 제법이던 걸."
경허의 등에 업히며 개울물을 건네 주면 품삯 두 푼을 주겠다고 했던 여인은 등에서 내리며 경허에게 두 푼을 쥐어줬던 것인데 경허는 품삯을 받는 대신 엉덩이를 한 대 때려준 것이다.
탁발을 마치고 천장암으로 돌아온 그날 밤, 사미승은 몇번이나 뒤척인 끝에 다시 일어나 앉았다. 잠이 오지 않았던 것이다.
"허허 이 녀석 왜 벌떡 일어나 앉느냐?"

"오늘 꼭 여쭤보아야 할 게 있습니다."
"무슨 말이던고?"
"스님께서는 늘 저에게 이르시기를 출가사문은 여자를 가까이 해서는 안된다고 하셨습니다, 그러셨지 않습니까? 그런데 오늘 스님께서는 젊은 여자를……"
"젊은 여자를?"
"예, 아까 개울을 건널 때 그 젊은 여자를 덥썩 등에 업어다가 개울을 건네 주셨을 뿐 아니라 그 젊은 여자의 엉덩이까지 철썩 치셨습니다."
"허허 이 고얀 놈을 봤나?"
"스님이 낮에 하신 일은 출가사문으로서는 해서는 안될 일이니 계율을 어긴 것이 아니겠습니까?"
"잘 듣거라, 나는 분명 그 여자를 업어다가 개울을 건네주었느니라, 그리고 네 말대로 엉덩이까지 한번 쳤었느니라."
"그, 그렇습니다. 스님 그러니 그것이……"
"나는 이미 그 여자를 개울가에 버리고 왔거늘 어찌하여 너는 아직까지 그 여자를 마음 속에 품고 있단 말인고?"
"예에?"
"내 이미 너에게 일렀느니라, 여자다, 예쁘다, 미웁다, 잘 생겼다, 못생겼다, 분별심을 내지 말라고 이르지 않았더냐? 내가 만일 예순 넘은 할머니를 등에 업어 건넜던들 네가 이렇게 그 할

머니를 마음 속에 품고 잠을 이루지 못하겠느냐?"
 "그, 그야."
 "옛 스님이 이렇게 말씀하셨으니 잘 들어 명심해야 할 것이니라. 사물을 보되 분별심을 가지지 말 것이며, 겉모양이나 겉소리에 눈이 흐리거나 귀가 어두워지면 쓸데없는 집착에 빠지게 되니, 집착에 빠지게 되면 보고, 만지고 싶고, 가지고 싶고, 때로는 보기 싫어지고, 미워하고, 버리고 싶어지니, 이것이 바로 번뇌의 씨앗이 되느니라. 이 도리를 알겠느냐?"
 "……예예……."
 "네 이놈, 이제 그 젊은 여자를 마음 속에 그만 품고 낮에 건넜던 그 개울가에 버려야 할 것이니라."
 "예 스님, 용서하여 주십시오."
 그제서야 어린 사미승은 경허의 말을 듣고 크게 깨닫는 바가 있었다.

9
누구를 위한 49제더냐?

경허가 천장암에 머물고 있던 1883년, 당시는 서구 열강의 간섭과 호시탐탐 침략을 노리는 일본, 조정의 부정부패와 관리들의 가렴주구로 도탄에 빠진 백성들, 나라 안팎의 혼란과 몇년간 계속된 가뭄으로 양식거리가 바닥이 난 백성들의 굶주림은 상상하기 어려울 지경이었다.

마침 때는 5월, 일년내 밥을 먹기가 가장 어려웠던 시절, 가장 견디기 어려웠던 때인 보리고개였다. 두끼 걸러 한끼 먹기가 어려웠고 그나마 산나물로 죽을 쑤어 연명하기가 다반사였다.

하루는 많은 사람들이 절마당에 가득 모였다. 경허는 사미승을 불러 그 이유를 물었다.

"대체 오늘 무슨 일이 있기에 사람들이 모여드는고?"

"아니 스님께서는 모르고 계셨습니까요, 오늘 법당에서 큰제사

가 있습니다요, 읍내에서 두번째 가라면 서러워한다는 강부자댁 아버지 49제가 있는 날입니다요."

"49제를 올리는데 사람들은 왜 왔단 말이냐?"

"에이 참 스님두, 큰 제사를 떡 벌어지게 차려놓고 지낸다는 소문이 인근에 쫙 퍼졌으니 제사 지낸 후 혹 제삿떡이나 얻어먹을까 하고 온 것입지요."

경허가 법당으로 올라가보니 과연 부잣집 제삿상답게 떡과 과일이 푸짐하게 잘 차려져 있었다. 촛불을 밝히고 향을 피워 이제 막 제사를 올리려는 참이었는데 바로 그 법당 앞에는 굶주림에 지쳐 누렇게 뜬 얼굴로 마을사람들이 웅성거리고 서서 마른 침만 꿀꺽꿀꺽 삼키고 있었다.

"스님 이제 제를 올리신답니다. 이쪽으로 들어오십시요."

"아니다, 제를 올리기 전에 할 일이 있느니라."

"예, 해야 할 일이라니요?"

경허는 대답 대신 주지스님을 향해 소리쳤다.

"주지스님은 제 올리시기를 잠깐 지체하여 주셔야 하겠습니다."

"아니 경허, 준비가 소홀한 점이라도 있단 말씀이신가?"

계허 주지스님이 제를 올리려 할 때 그것을 말린 경허는 말을 마치자마자 제사상에 있는 떡과 과일을 몽땅 바구니에 쏟아붓는 것이었다. 그리고 밥당 앞에 모여 제가 끝나기만을 바라고 서 있는 마을사람들과 아이들에게 남김없이 나누어주었다. 너무 순식간에 일어난 일이라 계허도 상주인 강부자도 미처 손을 쓸 틈조차 없었다.

"세상에 이 무슨 미친 짓이냐? 제사를 지내기도 전에 제물을 다 나누어주다니!"

"내 이 놈의 중놈을 그냥 놔두지 않겠소. 네 이놈! 어쩌자고 내 아버님 제사를 못지내게 훼방을 놓느냐? 엉?"

주지 계허스님과 강부자가 무섭게 경허를 힐난하자 무심코 듣고 있던 경허가 느닷없이 소리를 질렀다.

"으악!"

그러자 놀란 마을 사람들은 먹을 것을 손에 든 채 경허와 강부자와 태허스님을 번갈아 보았다. 경허의 돌연한 행동으로 제를 올리지 못하게 된 강부자는 금방 경허의 멱살이라도 잡을 듯 흥분하였다.

"제주는 들으시오."

"그래 듣고 있다, 이 미친 놈! 우리 아버님 제사를 망쳐놓고도 무슨 할 말이 있단 말이냐!"

"대체 49제는 누구를 위해 올리려던 것입니까?"

"허허 이놈이 그것도 모르고 훼방을 놨어? 우리 아버님 49제란 말이다. 우리 아버님!"

 무섭게 쏘아보는 강부자를 바라보면서 경허는 차분하게 말했다.
 "바로 그렇소이다. 돌아가신 지 49일째 되는 바로 오늘, 돌아가신 아버님 망자께서는 시왕 앞에 불려 나가 물음을 받게 된다고 하였습니다.
 귀한 생명을 죽이지는 않았는가? 남의 재물을 훔치지는 않았는가? 목마른 사람에게 물을 나눠주었는가? 배고픈 사람에게 먹을 것을 주었는가?
 돌아가신 어르신께서 생전에 그런 공덕을 많이 쌓으셨는지 모르겠으되 극락왕생하게 해달라고 자손이 비는 제사를 굶주린 사람들이 마른 침을 삼키고 있는 바로 앞에서 올릴 수는 없는 일, 살아서 못다한 보시공덕, 이제라도 베풀고 제사를 올리는 것이 돌아가신 분을 위해서도 좋은 일 아니겠습니까?"
 경허의 말에 강부자는 아무말도 할 수가 없었다. 단지 이치에 맞는 말이어서가 아니라 경허의 조용조용한 말에는 뭔지 모르게 남을 설득시키고 굴복시키는 힘이 있었다.
 이윽고 독경소리와 함께 49제를 올리고난 강부자는 경허에게 시주를 위해 돈보따리를 내놓았다.
 "대사님 법문 덕분에 이제 돌아가신 제 아버님께서 극락왕생 하시리라는 생각이 들어 마음이 아주 편해졌습니다. 그 보답으로 제가 이렇게 시주를 더 내놓고 가겠습니다."

"허허허 절간에 재물이 쌓이는 것은 수치스러운 일, 이 돈으로 인근 30리 가난한 백성들에게 양식을 나누어주시는 것이 요 다음에 극락왕생하는 큰 공덕이 될 것입니다."

"하지만 대사님, 저도 이 천장암 부처님께 시주를 해서 복을 좀 지어야 할 것 아니겠습니까?"

"부처님은 이 천장암에만 계시는 게 아닙니다. 머슴살이하는 김서방, 이서방, 농사짓고 사는 박첨지 서첨지도 다 부처님으로 여기셔야 하니 못먹고, 못입고 사는 사람들에게 보시하는 것이 부처님께 시주하는 것과 똑같은 것, 머슴이나 하인이나 백성들을 잘 보살펴주면 바로 그것이 불공입니다."

연암산 천장암에 도인스님이 와 있다더라는 소문이 인근 마을에 퍼지면서 음력 초하루, 보름에 열리는 법회에는 수많은 사람들이 모여들었다.

"여기 모인 대중들은 잘 들으시오. 여기 모이신 여러 대중들은 멀고 험한 산길을 걸어서 공양미를 머리에 이고 손에 들고 복을 지으러 왔고 또 복을 받으러 이 천장암에 왔습니다. 허나 이 법당에 모셔 놓은 이 부처님은 나무를 깎아서 만든 부처님 상이라 처음에 생기신 그대로 여러 대중들을 지긋이 내려다보시며 웃고 계실 뿐, 손으로 여러 대중들을 어루만져주실 수도 없고 또 여러 대중들에게 공양미를 가져와서 고맙다는 말씀을 하시지도 아니

합니다. 뿐만 아니라 이 부처님은 여러 대중들이 집으로 돌아갈 적에 복을 한 보따리씩 싸서 나누어주지도 아니 하십니다.

 허나 여러 대중들이 반드시 알아두어야 할 것이 있으니 여러 대중들이 어떻게 하면 큰 복을 받을 수 있을 것이냐, 복 받는 길을 늘 가르쳐주고 계시는 분이 바로 부처님이시니 집에 돌아가셔서 착하고 좋은 일 많이 하시면 복을 많이 받게 될 것이요, 악하고 나쁜 짓을 많이 하면 불공을 제 아무리 많이 들여도 복을 받기는커녕 무간지옥에 떨어지는 고통을 받게 될 것이니 이 한 가지를 분명히 깨우치면 극락왕생할 것이요. 내 다시 한번 이르거니와 착한 일, 좋은 일 많이들 하시오. 그러면 바로 그대들이 부처님이시요"

 이러한 경허의 법회는 대중들에게는 하나의 신선한 충격이었다.

 이 법회가 있은 지 사흘째 되던 날 밤이었다.

 "스님 스님, 주무시옵니까? 저 웬 사람이 스님을 꼭 뵙겠다고 찾아왔습니다."

 "나를 만나겠다구?"

 밤 늦게 경허를 꼭 만나겠다고 찾아온 사람은 천장암에서 꽤 멀리 떨어져 있는 광천에서 온 젊은 청년이었다.

 "야심한데 찾아와서 죄송합니다요 스님, 실은 며칠 전 제 어머님께서 이 절에 불공을 드리러 오셨습니다."

"그런데 이 절에 다녀오신 후론 아무 것도 잡숫지를 않고 누워 계시기만 합니다. 이 놈 때문이지요."

말을 마친 청년은 울상이 되어 눈물이 그렁그렁해졌다.

"스님, 이 놈의 죄를 용서해 주시고 제발 제 어머니를 살려 주십시오. 하나밖에 없는 이 자식 놈이 지옥에 갈 죄를 지었다고 아무 것도 잡숫지를 아니하십니다."

"지옥에 갈 죄?"

"예, 저 머슴 사는 주인집에서 보리 두 가마를 훔쳤습니다."

"그럼 이제라도 돌려주고 사죄하면 될 것 아닌가?"

"그런데 그게, 투전판에서 다 날려 버렸습니다."

"그렇다면 지옥에 두번 가야겠구만."

"예? 아니 그럼 스님, 어떻게 하면 제 죄를 용서받을 수 있겠습니까? 부처님께 빌면 되겠습니까?"

"네 이놈, 네가 지은 죄가 막중하거니와 어쩌자고 부처님까지 끌어들이느냐? 부처님께 빈다고 해서 네가 지은 죄가 없어질 줄 알았는가? 살인을 하거나 도둑질을 하여 남을 속이고도 부처님만 믿고 용서를 빈다고 해서 죄가 없어진다면 평생토록 나쁜 짓을 실컷하더라도 무슨 문제가 되겠느냐?"

"하오면 대체 어떻게 해야 하옵니까? 지옥에 떨어질 자식과 사느니 차라리 세상을 뜨겠다고 누워만 계시니……"

"어머니를 기어이 살리고 싶은가?"

"예 스님, 그야 여부가 있겠습니까?"

경허는 사미승에게 못과 망치를 가져오도록 이르고 청년에게 나무 기둥에 못을 박도록 하였다. 청년이 못을 박자 다시 그 못을 빼도록 일렀다.

"자 보아라, 기둥에 못을 박은 것이 죄를 지은 것이요, 못을 뽑은 것이 반성이니라. 허나 이 나무 기둥을 보면 못을 뽑은 자국이 남아 있느냐 없느냐?"

"남아 있습니다."

"네가 지은 죄도 이와 같느니라. 참회하고 반성만 한다고 해서 지은 죄가 없어지지 않나니 이 못자국과 같다. 한개를 속였으면 열개 백개를 갚아야 하고 한 사람을 죽였으면 열명, 백명, 천명을 살려야 하고 보리 한 가마를 훔쳤으면 열가마, 백가마, 천가마로 갚아야 하느니 그래도 네가 지은 죄가 없어질까 말까니라. 주인에게 이실직고 하고 새 사람이 되어 네가 지은 죄, 네가 갚지 아니하면 누구도 그 죄 씻을 수 없으니 어머니는 결코 살리지 못할 것이니라. 이 도리를 알겠느냐?"

경허의 말에 크게 깨달음을 얻은 청년은 이후로도 수차 경허를 찾아와 법문을 청해 듣곤 하였다.

경허가 천장암에 있을 때였다. 어느날 오후, 낮잠 자기를 즐기는 경허를 깨우러 갔던 한 수좌는 우뚝 서버린 채 소스라치게 놀랐다. 경허의 배위로 독사 한 마리가 또아리를 튼 채 긴 혀를

낼름거리고 있었던 것이다. 수좌는 경허를 깨워 위급한 상황을 알리려 했으나 입이 좀체 떨어지지 않았다. 한참 만에야 수좌는 입을 떼었다.
 "스, 스님 크 큰일 났습니다. 꼼짝도 하지 마시고 그대로 계십시오."
 "허허 대체 무슨 일로 그리 호들갑을 떠는고?"
 "아이구 스님, 지금 스님 배 위에 시커먼 독사가 또아리를 틀고 있습니다."
 그러나 수좌의 말에도 경허는 태연하기만 하였다.
 "내 배 위에 지금 독사가 놀고 있단 말이냐?"
 "예 스님. 그러니 꼼짝말고 그대로 계셔야 합니다. 막대기를 가지고 와 쫓아드리겠습니다."
 "쫓을 것 없느니라."
 "예, 아니 독사라니까요, 스님."
 "실컷 놀다 가게 내버려 두어라. 나도 한숨 더 자야겠느니라."
 그렇게 말한 경허는 다시 오수 삼매에 들고 독사는 어느 사이엔가 유유히 긴 꼬리를 감추고 말았다.

10
발가벗은 경허

경허의 해탈적 자유는 집착을 벗어난 것이니 때로는 바람같이 떠도는가 하면 때로는 구름 같은 자적이 있었다. 어느 것에도 걸림이 없는 무애는 계율에도 속박을 받지 아니했고 이미 그것마저 초탈한 법신의 경지였다. 자비를 일으켜 일체 중생을 제도한다는 원을 세운 출가사문, 그러나 낳고 길러준 어버이의 공덕은 어디에 비할 수 있을 것인가.

부처님이 어느날 여러 제자들과 함께 길을 가다가 무성한 산록 위에 흩어진 뼈 한 무더기를 보고 정중히 절하였다. 이 모습을 본 아난존자가 부처님께 여쭈었다.

"세존이시여, 세존께서는 삼계를 이끌어주시는 스승이요, 모든 생명의 자비로운 어버이신데 어찌하여 그런 해골 바가지에게 절을 하십니까?"

그러자 부처님께서 말씀하셨다.
"아난아, 네가 출가하여 나를 따른지 오래 되었지만 아직 이 도리를 모르는구나. 저 해골은 지난 날의 내 형제가 아니고 무엇이겠느냐? 지금 이 속에는 나의 옛 아버지의 뼈와 어머니의 뼈가 섞여 있구나."
"무엇을 보고 어머니와 아버지를 구분하시나이까?"
"어머니의 뼈는 검고 아버지의 뼈는 희고 또 무겁다. 어머니는 한 번 자식을 낳을 때마다 세 말 세 되의 피를 흘리고 여덟 섬 네 말의 젖을 먹이기 때문이며 또한 수태로부터 생육에 이르기까지 뼈를 깎는 고통을 겪기 때문이다. 무릇 사람에게는 네 가지 은혜가 있으니 그중 첫째가 부모의 은혜요, 네 가지 은혜 중 으뜸가는 것 또한 부모님의 은혜이다."
네 가지 은혜 중 으뜸가는 것은 부모님의 은혜라 한 부처님의 가르침대로 어머니 박씨에 대한 경허의 효심 또한 남다른 것이었다. 그러나 경허의 무애는 때로 기행과 만행으로 보이기도 했으니 그 일화는 일일이 열거할 수조차 없이 많다.
경허가 천장암에 있을 때의 일이다.
속가의 어머니를 모시고 있는 것을 늘 불편하게 여기고 있는 주지 태허스님은 모친 박씨에 대한 정을 겉으로 드러내 보이는 적이 없었다. 그러나 경허는 어머니 모시기를 극진히 하였다. 혼자 되어 늙어가는 어머니 박씨를 곁에서 지켜보는 경허의 마음

은 늘 연민과 안타까움이 함께 하는 것이었다.

아침 저녁으로 문안 인사를 드리는 것은 물론이요, 틈틈이 박씨를 찾아 법문을 이르고 적적할 것 같으면 말동무가 되어주기도 하고 항상 어머니의 건강을 염려하였다.

하루는 경허가 공양 시간에 즈음해서 어머니 박씨의 방으로 갔다.

"어머니 안에 계십니까?"

"응 경허스님이신가? 들어오시게."

"어머니께서 요사이 좀 이상하십니다."

"내가 이상하다니?"

"법당에 들어가시지도 아니하고, 염불 외우시는 것도 하지 않으시고, 부처님께 예불조차 드리시지 아니하시니 어찌된 일이시옵니까?"

"아, 그거야 늙고 귀찮아서 그렇지. 그리구 나이가 들어서 그런지, 배운 것이 없어서 그런지 그 염불도 잘 외워지지가 않어."

"그러실수록 더 열심히 일구월심 외우시구 정성을 들이셔야지요."

"아, 그렇다구 설마한들 내가 극락왕생 못할라고. 아들을 둘씩이나 부처님께 바쳐서 스님이 되어 계신데, 안 그런가?"

"어머니."

경허는 간곡하게 어머니 박씨를 불렀다.

"아들들은 아들들이고 예불 드리고 마음을 닦는 공부 그리고 정성을 드리시는 공부는 어머니 당신께서 하셔야 합니다."
"아 아들들이 밤낮으로 염불하고 예불 올리고 하는데 나까지 해야 한다구, 부처님도 생각이 있으시겠지, 청상과부가 되어 아들 둘을 고스란히 바쳤는데 그만한 것도 모르실려구. 그리고 염불이건 예불이건 그런 건 이 에미를 생각해서 아들들이 대신 해주면 될 것 아니겠어?"
늙은 어머니는 두 아들을 출가시켜 스님이 된 것만 자랑으로 여길 뿐 막무가내였다. 그때 마침 사미승이 아침 공양상을 들고 들어왔다. 모친이 수저 들기를 기다린 경허는 나즈막히 어머니를 불렀다.
"어머니, 오늘 아침 공양은 어머니 몫까지 두 그릇을 다 제가 먹으면 어떻겠습니까?"
"무엇이라고 내 밥까지?"
"아니면 어머님께서 제 밥까지 두 그릇을 다 잡수시던지요."
"아니 이게 무슨 말씀이신가?"
"어머님과 저는 모자지간이니 어머니께서 제 대신 제 몫까지 밥을 두 그릇 다 잡숴주시면 저는 먹지 않아도 저절로 배가 부를 것이 아니겠습니까?"
"대신 먹어주면 배가 부르다니 무슨 말씀이신가?"
"어머님이 저 대신 잡숴줘도 제 배는 부르지 않게 되나요?"

"아, 그야 이를 말씀이신가. 원 세상에 별 희안한 소리를 다 들어보겠네."

"허허허 그것 보십시오. 어머니, 어머님이 제 밥까지 잡숴주신다고 해도 제 배는 불러지지 않을 것이니 제 밥은 제 입으로 제가 먹어야 제 배가 불러지는 법입니다. 예불을 드리는 것도 염불을 하는 것도 불공을 드리는 것도 꼭 그것과 같은 것입니다."

"듣고보니 맞는 말이시구면. 내가 마음 공부 닦지 아니하고 내가 불공을 드리지 아니하면 아무도 대신해서 해줄 수 없는 것이다. 이런 말씀이신가?"

한번은 이런 일이 있었다. 천장암에 모시고 있던 늙은 어머님이 생신을 맞은 날, 경허는 어머니를 위해 특별법회를 열었다. 도를 깨우친 경허가 법문을 한다는 소문이 퍼져 천장암에 많은 대중들이 운집해 법당 안이 대중들로 가득 찼다.

한걸음에 달려온 사미승이 박씨 부인을 찾았다.

"보살님, 보살님, 큰스님이 보살님을 위해서 법문을 하신다고 합니다. 빨리 가시지요."

"뭐라구?"

그 사실을 전해 들은 박씨 부인은 말로 다할 수 없이 흐뭇한 마음이었다.

"우리 경허가 나를 위해 법문을 설한다 하니, 이렇게 기쁠 수가 없구나."

너무 기쁜 나머지 박씨 부인은 콧날이 시큰해지는 것을 느꼈다. 박씨 부인은 아들 경허의 법문을 듣기 위하여 발걸음을 재촉했다.

경허의 법문을 듣기 위해 모여든 신도들로 가득찬 법당 안으로 들어간 어머니 박씨는 사미승이 마련해준 앞자리에 조심스레 앉았다.

나이 삼십 너머 도를 깨우친 경허의 법문은 어떤 것일까, 사람들은 숨을 죽인 채 경허의 일거수 일투족을 지켜보고 있었다. 그때 법상에 앉아 있던 경허가 벌떡 일어섰다. 그리고 주장자를 한 번 힘껏 내리쳤다.

경허를 지켜보던 신도들은 벌떡 일어선 경허가 무슨 말을 하는가 숨을 죽인 채 지켜보았다.

그러나 경허는 설법 대신 고름을 풀어 장삼을 벗고 속옷을 벗었다. 이윽고 알몸뚱이의 경허가 그대로 드러났다.

"자, 보십시오. 어머니."

"아니!"

여기저기서 탄성소리가 들리고 놀란 처녀와 아낙들이 서둘러 법당을 나갔다.

벌거숭이가 된 경허는 커다란 웃음을 터뜨렸다.

"하하하하 하하하하"

"아이구, 경허가 실성을 했구나! 세상에 세상에 이런 망측한 짓을 내 앞에서 하다니! 아이구 날 좀 내 방으로 데려다 줘. 아이구 아이구."

경허는 벗었던 옷을 하나하나 주워입고 주장자를 세 번 내려쳤다.

"이제 옷을 입었으니 고정하십시요 어머니! 그리고 여러 대중들도 잘 들으시오. 어머님은 날 낳으셨고, 나는 어머니의 자식, 나는 어머니의 품에 안겨 어머니의 젖을 손으로 만지고 입으로 빨면서 자랐고 어머니는 나를 벌거벗겨 씻기고 갈아 입히며 귀엽다고 만지고 예쁘다고 주무르셨소. 그로부터 세월이 흘러 어머니는 늙고 나는 장성했으되 어머니와 자식 사이는 변함이 없음에도 어머니는 오늘 벌거벗은 내 몸을 보시고 망칙하다 해괴하다 질겁을 하셨으니 내 몸을 벌거벗겨 씻고 만지던 옛날 어머니 마음은 어디로 가고 망칙하다, 해괴하다, 변해 버렸으니 바로 이것이 간사스러운 사람의 마음, 부모 자식 간에도 이러할진데 하물며 남남인 부부 사이며 친구 사이며 이웃 사이는 일러 무엇 하리오.

마음이 변하기 전에는 입안의 것도 나누어 먹다가 마음 하나 변하면 원수가 되다니 마음! 마음! 마음! 이 마음을 닦지 아니하고 이 마음을 다스리지 아니하면 여러 대중들은 독사가 되고, 늑대가 되고, 마귀가 될 것이오!"

11
만공소년과의 만남

 보임을 끝낸 경허가 생신을 맞은 어머니에게 드리고자 했던 효성이 어처구니없이 끝난 후 경허는 천장암을 떠났다.
 두둥실 하늘에 뜬 흰구름처럼 바람처럼 경허는 발길 닿는 대로 돌아다녔으니 덕숭산 정혜사에서 문수사, 부석사로, 마곡사에서 묘각사로, 다시 봉곡사에서 동학사, 갑사로 갑사에서 다시 신원사로 한손에 주장자, 등에는 걸망 하나, 가사 자락 펄럭이며 운수행각을 계속하였다.
 1884년은 한양에서 갑신정변이 일어난 해이다. 사대파인 수구당과 혁신파인 개화당 사이에 일어난 큰 정치변란이 갑신정변으로 청나라의 도움을 받은 수구당이 득세하고 일본의 도움을 받던 개화당의 김옥균, 박영효 등은 일본으로 망명하게 되었는데 이때부터 조선을 사이에 둔 청나라와 일본의 세력 다툼은 날로

노골화되는 한편 날로 치열해져 가고 있었다. 나라 안팎이 어지럽고 혼란스러워 민심이 사나울 때였다.

그해 가을 시월 그믐께였다. 경허는 서둘러 산비탈을 내려서고 있었다. 떨어져내린 낙엽들이 발목까지 쌓인 산길은 걸음을 옮길 때마다 버석거리는 소리가 요란했다.

산중의 하루는 짧아 제법 서둔 길인데도 어느새 해거름이 가까와지면서 한기가 느껴졌다. 경허는 마음이 바빠져오고 있었다. 천장암을 떠나 계속된 운수행각 끝에 경허는 갑사를 지나 동학사로 가는 길이었다.

한 해에도 몇 차례씩 들르게 되는 동학사였다. 그러나 절문을 들어설 때면 청계사를 떠난 열네 살 어린 소년의 모습과 스승 계허스님을 만나기 위하여 청계사로 가던 도중 되돌아오던 모습이 겹쳐지며 새삼 무상한 감회에 젖기도 하였다.

바쁜 마음에 서둔 탓인지 해가 저물기 전 경허는 동학사에 닿을 수 있었다. 9척 장신에 수염을 기른 비승비속 차림의 경허가 절문에 들어섰다.

경허는 여기서 운명적인 인연을 만나게 된다. 우리가 부모의 몸을 빌어 이 세상에 나오는 것도 인연이요, 어떤 부모의 몸을 빌어나오느냐 하는 것도 인연이다. 좋은 인연을 만나 좋은 업을 쌓는 인연이 있는가 하면 나쁜 인연으로 윤회의 업을 쌓는 인연이 있기도 하다.

업장에 따라 달라지는 인연도 기실 윤회의 업보를 벗어날 길은 없으나 자비를 베풀어 공덕을 쌓으라는 부처님의 가르침은 달리 말하면 윤회를 벗어나는 길이라고도 할 수 있다.

바람 앞의 촛불처럼 위태로운 한국의 선을 중흥시킨 경허선사, 그는 일찌기 한국의 마조로 평가되거니와 경허의 법통을 이어받은 만공, 한암, 수월, 혜월은 그중 뛰어난 제자들로 이 중에서도 경허와 만공은 좋은 인연으로 맺어져 서로의 법기를 가득 채운 예라고 할 수 있다. 경허가 있음으로서 만공이 있고 만공이 있음으로서 경허가 있을 수 있으니 그들의 만남은 그만큼 깊은 인연으로 맺어진 것이다.

"객승 문안 드립니다."

"거기 누구 오셨는가?"

"천장암에서 온 경허올습니다."

"아이구 이게 누구신가? 어서 올라오시게. 이게 대체 몇 년 만인고? 마침 오늘밤 야간 법회가 있으니 한말씀 법문을 들려주시게. 그리고 내 한가지 따로 부탁할 것이 있네."

"말씀하시지요."

진암 노스님이 행자를 부르자 달려온 소년은 진암 노스님 밑에서 행자 생활을 한 지 다섯 달이 지났으며 타고난 총기와 남다른 불심으로 매사에 나이답잖은 의젓함을 보여 진암 노스님을 탄복시키곤 했다.

"행자 문안드리옵니다."
"으음, 고놈 잘도 생겼구나."
"따로 드릴 부탁이란 다름아닌 바로 이 아이일세. 이 아이를 자네가 데리고 가서 물건 좀 만들어 주게나."
"아니, 스님 저를 다른 절로 보내려고 하십니까?"
"그렇느니라."
"싫습니다. 저는 여기서 살고 싶지 다른 절로는 아니 가겠습니다."

행자는 분명하게 제 의견을 말한 후 벌떡 일어나 나가버렸다. 당돌하기가 보통이 아니었다.

눈 밝은 사람이 사람을 알아보는 법, 경허는 행자의 당찬 모습에서 이미 그릇의 크기를 가늠해 보고 있었다.

이날 동학사에서는 야간법회가 열리게 되었는데 동학사 강주스님이 먼저 설법을 하기 시작했다.

"여러 대중들은 잘 들으라. 나무도 비뚤어지지 않고 곧아야 쓸모가 있으며 그릇도 찌그러지지 아니 하고 반듯한 그릇이라야 쓸모가 있는 것이니 사람도 이와 같아서 마음이 불량하지 아니 하고 바르고 정직하고 착해야 하느니라."

그 다음 경허가 법상에 올라 설법을 시작하였다.

"조금 전 동학사 강주스님께서 내리신 가르침도 훌륭하신 법문이오나 한양으로 가는 길은 여러 갈래가 있으니 대중들은 이

길 저길 잘 알아 두었다가 자기 근기에 맞는 길을 택하는 것도 좋을 것이라 그리 알고 들으시오. 비뚤어진 나무는 비뚤어진 대로 쓸모가 있고 찌그러진 그릇은 찌그러진 대로 쓸모가 있으니 이 세상 두두물물이 다 귀하고 소중한 것, 부처님 아님이 없고 관세음보살 아님이 없도다."

 법당이 가득 차도록 모인 대중들은 경허의 법문을 들으며 감심하였다. 그중에서도 유독 경허를 뚫어지게 바라보는 소년이 있었다. 소년은 경허의 말 한마디 한마디를 가슴 깊이 새기는 듯 진지해 보였다.

 이날 밤, 경허가 막 잠이 들려고 할 때였다.
 "객스님께서는 주무시옵니까?"
 "누가 이 밤중에 객승을 찾는고?"
 "아까 인사드리옵고 실례를 범한 행자이옵니다."
 "그래? 무슨 일인고?"
 "들어가 뵈옵고 사죄하도록 허락하여 주시옵소서."
 "문을 박차고 나갔던 녀석이 사죄를 하겠다고?"
 "예, 스님."
 "들어오너라."
 방에 들어온 행자가 무릎을 꿇고 앉았다.
 "경거망동한 죄를 용서해 주시옵소서."
 "그래, 박차고 나갈 때 마음은 어디 갔는고?"

"죄송하옵니다, 스님."

"그래, 염려할 것 없느니라. 평양감사도 저 싫으면 안 하는 것, 널 데려갈 생각이 조금도 없으니 염려하지 않아도 될 것이니라."

"아, 아니옵니다. 스님, 그게 아니옵고 …… 저를 꼭 좀 데려가 주십시오."

"무엇이라고? 꼭 좀 데려가 달라? 허허 이런 고얀 놈이 있나? 아까는 절대로 이 절을 안 떠나겠다고 자리를 박차고 나가지 않았느냐?"

"스님의 법문을 듣고 제 마음이 변했습니다, 스님."

"허허 이런 당돌한 놈을 봤나, 그렇게 금방금방 마음이 잘 변하는 놈은 소용없느니라."

"아닙니다. 스님 저를 꼭 좀 데리고 가주십시오. 이렇게 이렇게 빌겠습니다, 스님."

"자고나면 또 마음이 바뀔 것이니 가서 잠이나 자거라."

"아닙니다. 스님이 저를 데려가 주신다는 말씀을 하시기 전에는 이 자리를 일어설 수 없습니다."

"허허 가서 자래도 그러느냐, 왼종일 백 리 길을 걸었더니 나도 고단하니라."

"겨우 백 리 길을 걸으시고 고단하다 하십니까? 저는 이 나이에 삼천 오백 리를 걸어 여기까지 왔습니다."

나이도 어린 행자가 삼천 오백 리를 걸어 동학사까지 왔다는 소리에 경허는 깜짝 놀라 벌떡 일어나 앉았다.
"아니 너 무엇이라고 했느냐? 삼천 오백 리를 걸어 동학사에 왔다고 했느냐?"
"예."
"아니, 너 대체 어디서 왔기에 삼천 오백 리를 왔다는 게냐, 중국에서 왔느냐?"
"아닙니다. 전라도 정읍에서 왔습니다. 제가 살던 곳은 전라도 정읍군 태인읍 상일리입니다."
"그런데?"
"제가 처음에 찾아간 절은 전주에 있는 봉서사였습니다."
"혼자서 말이더냐?"
"집에서 도망쳐 나왔는데 감히 누구하고 같이 가겠습니까?"
"무엇이? 집에서 도망쳐 나왔다고 그랬느냐?"
"부모님 모르게 나왔으면 도망쳐 나온 거지 뭐겠습니까?"
"허허 이런 놈을 봤나? 그래 봉서사에 가서 어떻게 했느냐?"
"그 절 스님들이 머리를 깎아주겠다고 했지만 어쩐 일인지 그 절이 마음에 안들어 나오고 말았습니다."
"그 그래서?"
"두번째 찾아간 절은 송광사였습니다요."
"송광사라면 전라도 승주군에 있는 그 송광사 말이냐?"
"아 아닙니다요. 완주군 소양면에 있는 송광사였습니다."

"그래서?"

"제가 중이 되려고 찾아왔다고 하니까 그 송광사 스님들 말씀이 아무데서나 머리를 깎고 중이 되면 큰 인물이 될 수 없으니 좋은 스승을 만나서 공부를 제대로 해야 하느니라 이러시지 않겠습니까? 그래서 어디 있는 어느 절을 찾아가면 훌륭한 스승을 만나뵐 수 있겠냐고 했습니다."

"그랬더니 어디를 일러주던고?"

"쌍계사를 찾아가면 진암스님이 계실 것이니 그 스님이라면 너를 제대로 가르쳐 큰 인물을 만들어 주실 것이니라, 하셨습니다. 그래서 제가 왜 여기서는 저를 안받아주시냐고 하지 않았겠습니까?

그랬더니 나는 너를 가르칠 그릇이 되지 못하니 크고 좋은 돌은 좋은 석수를 만나야 부처님 상이 되지만 나 같은 돌팔이 석수를 만나면 석축돌로밖에 써먹지 못하게 될 것이니 크고 좋은 돌이 아까워서 하는 말이니라 하였습니다."

"허허 그래 그 스님 말씀대로 이번에는 또 쌍계사까지 갔었더란 말이냐?"

"예, 묻고 물어서 며칠씩이나 걸려 쌍계사에 당도하여 진암스님을 찾으니 진암스님은 그 절에 안 계셨습니다."

"허허 저런 그래서 이번에는 또 동학사로 왔었단 말이로구나?"

"곧바로 왔으면 억울하지나 않게요? 전라도 백양사에 계신다기에 거기까지 갔다가 헛걸음만 치고 다시 묻고 물어서 여기까지 온 것입지요. 그러니 계산을 해보셨습니까?"
"그래 내가 계산을 해보니 삼천 오백 리가 아니고 삼만 팔천 리도 넘는 거리니라."
"원 참 스님두, 이번에는 스님이 허풍을 치셨습니다."
이 날 경허는 열네 살짜리 행자에게 탄복했으니 근세 한국 불교를 중흥시킨 스승과 제자는 이렇게 운명적으로 만나게 된 것이다.
"스님, 객승 경허 그만 떠날까 하여 인사드리러 왔습니다."
"아니 기왕에 오셨으니 며칠 더 쉬었다 가시지 않고 어찌 벌써 떠나려 하시는가?"
"그래서 객승 아닙니까, 왔으면 가야지요."
"여보게 경허, 내 따로 청을 했거늘 어찌 혼자 떠나려 하시는가?"
"저한테 꼭 보내셔야만 하겠습니까? 그냥 스님께서 데리고 계시지요."
"웬만한 아이면 내가 그냥 데리고 있겠네만 나한테는 너무 벅찬 아이네. 데리고 가시게."
그때 행자가 씨근덕거리며 달려나왔다.
"아니 객스님. 저는 어찌 놓아두시고 혼자만 가시려고 그러십

니까?"

당돌하게도 쫓아나온 행자에게 진암스님은 한마디 야단을 쳤다.

"네 이놈, 무슨 말버릇이 그러한고?"

"죄송합니다. 하오나—."

"네 이 녀석, 진암스님을 뵈옵자고 삼만 팔천 리도 더 걸어서 예까지 온 녀석이 진암스님은 남겨 놓고 어찌 떠나려 하는고?"

"하오나, 진암스님께서 불문곡절 객스님이 오시자마자 따라가라 하실 적에는 다 그만한 깊은 뜻이 있으실 줄로 아옵니다. 그렇지 않사옵니까? 진암스님?"

"그래그래 저놈 말하는 것 좀 보시게나, 영특해도 보통 영특한 게 아니라니까. 두말하지 마시고 데려가시게."

"하지만 전 지금 천장암으로 곧장 가는 길이 아니오라……"

"그럼 서찰 한장만 써주십시요. 제가 먼저 가서 기다리고 있겠습니다."

"그래 그래 내가 졌느니라. 그럼 천장암에 너 혼자 먼저 가있거라."

1884년 동학사에서 경허가 만공 소년을 만난 바로 그해 음력 섣달 초여드렛날, 속명을 바우라고 불렸던 행자는 홍주 땅 연암산 천장암에서 태허 주지스님을 은사로, 경허를 계사로 하여 삭발 출가하고 사미계를 받게 되었다.
 "너는 이제 십계를 수지하고 사미가 되었으니 성씨는 석가모니 부처님의 성씨를 따다 석씨가 되었고 이름은 바우가 아니라 달월(月)자 얼굴 면(面)자 월면이 되었느니라. 알겠느냐?"
 "예, 스님 잘 알겠습니다."
 "이제 머리 기른 행자가 아니라 삭발출가한 사문의 신분이니 각별히 조심하고 경허스님이 이르신 대로 공부를 열심히 해야 할 것이니라."
 "예, 명심하겠습니다. 스님."
 "경학을 공부하려면 글자를 알아야 하거늘 천자문은 제대로 읽을 줄 아느냐?"
 "글은 별로 배우지 못했습니다."
 "허허 이런 변이 있는가! 경책 한 권 읽을 줄 모르는 아이를 데려다가 사미계를 주어 중을 만들다니 경허는 대체 어찌하려고 이러시는가?"
 "문자를 많이 안다고 해서 큰 중이 되는 것도 아니요, 경책을 많이 보았다고 해서 부처님의 진리를 터득하는 게 아니오니 주지스님은 너무 염려하지 마십시오."
 "허허 그래두 그렇지. 염불문구는 읽을 줄 알아야 할 것이 아니겠는가?"
 "틈틈히 제가 가르치겠습니다. 귀가 밝고 눈이 트인 녀석이니

금방 배우게 될 것입니다."

"아니 스님, 금방 열심히 배워 마치겠습니다. 염려하지 마십시요."

"나는 모르겠으니 그럼 경허가 맡아서 가르치게나."

이로부터 경허는 틈만 나면 나이 어린 월면을 불러 앉혀 놓고 가르침을 펴기 시작했다.

"내가 이르는 말이 초발심자경문이니 명심해서 들어 마음 속에 잘 담아 두어야 하느니라."

"예 스님."

"무릇 처음 불문에 들어온 사람은 마땅히 나쁜 사람은 멀리하고 착한 사람을 가까이 해야 하며 다섯가지 계와 열가지 계를 받아 엄히 지키고, 범하고, 열고 막을 줄을 알아야 하느니라."

"예 스님. 명심하겠습니다."

"오직 부처님께서 말씀하신 성스런 가르침에 의지하고 어리석은 사람들의 허망한 말은 따르지 말아야 하느니라."

"예 스님."

"이미 출가해서 청정한 대중 속의 한 사람이 되었거든 항상 부드러움과 온순함과 화목함을 생각하고 내가 잘났다는 교만함으로 잘난 척해서는 안되느니라."

"예 스님. 명심하겠습니다."

"대중 가운데 나이 많은 사람이 형이 되고 나이 적은 사람은 아우가 되느니 만일 다투는 이가 있으면 두 사람의 말을 잘 화합시켜 자비로운 마음으로 서로 대하게 하고 나쁜 말로 다른 사람을 상하게 하지 말 것이며 도반을 업신여기거나 속여 시비를 일으킨다면 이런 출가는 하지 않음만 못한 것이니라.

할일 없이 다른 사람의 방이나 집에 들어가지 말 것이며 숨어서 남의 일을 알려 하지 말 것이며 엿세날이 아니거든 내복을 빨지 말 것이며 양치하고 세수할 적에 큰 소리로 침 뱉거나 코를 풀지 말 것이며 음식을 돌릴 적에 차례를 어기지 말 것이며 거닐 적에 옷자락을 헤치거나 팔을 흔들지 말 것이며 말할 적에 큰 소리로 웃거나 희롱하지 말 것이니라."

"예, 스님 명심해서 받들어 지키겠습니다."

당시 천장암에는 월면 이외에도 수월이 있었으니 수월은 머슴을 살다 29세에 천장암에서 출가하여 땔나무를 해오는 소임인 부목을 맡고 있었다. 이제 막 계를 받고 공양주 소임을 맡게 된 월면은 14세, 수월은 30세였으니 열여섯 살이나 차이가 났으나 경허의 제자로서 일체 다툼이 있을 수 없었다.

천수경을 좋아해 자나깨나 천수경을 외웠다고 하는 수월은 자취도 흔적도 없이 묵묵히 자비행을 몸소 실천한 스님으로만 알려졌다.

경허스님의 맏제자로 구한말 가장 뛰어난 선승으로 알려진 그는 스님들조차 잘 모르는 선사였으나 끊임없이 베풀고 나누던

수월의 일상사는 그야말로 순수한 보시로 일관되어 있었다.

어려서부터 짚신삼기를 좋아한 경허에게 물려 받은 수월의 짚신 삼기는 신기에 가까운 경지에까지 오르게 되어 짚세기선사라는 말을 들었다. 수월의 짚신삼기는 먼 발치에 있는 사람의 경우조차 한번 보고는 발에 딱 맞는 짚신을 삼을 정도였다고 한다.

수월은 서른세 살 되던 해 주지 태허스님을 은사로 음관(音觀)이라는 이름을 받고 경허를 법사로 수월(水月)이라는 법명을 받게 되었다.

그해 용맹정진에 들어간 수월은 온몸이 밝게 빛나며 깨달음을 얻었는데 그 빛으로 천장암 일대가 다 환해졌다고 한다. 이후 수월은 특별한 능력을 얻게 되었는데 그중 하나로 한번 보거나 들은 것을 잊지 않는 것이요, 하나는 잠이 없어져버린 일이며 앓는 사람의 병을 고쳐줄 수 있는 힘을 얻게 된 것이었다. 그러나 수월은 한번도 그것을 내세워 교만에 빠지거나 술행을 사용하여 대중들을 현혹한 일이 없었다. 부처님의 가르침대로 그것을 대수롭지 않게 여기고 오로지 수행으로서 참구하였다.

오대산 상원사에 머물던 수월이 북으로 떠나기 전 마지막으로 들른 천장암에서 만공과 마주 앉아 저녁 공양을 나눈 수월이 숭늉그릇을 들어보이며 말하였다.

"여보게, 이 숭늉그릇을 숭늉그릇이라 하지도 말고 숭늉그릇이 아니라 하지도 말고 한마디로 일러 보게."

그러자 만공스님은 수월이 들고 있던 숭늉그릇을 받아 문밖으로 던져 버리고는 묵묵히 앉아있었다. 수월은 손뼉을 치며 좋아하였다.
 "잘했네, 참 잘했어."
 두 사람의 만남은 그것을 마지막으로 다시는 만날 수 없었다. 언젠가 수월과 혜월, 만공은 각각 수월은 북으로 가서 상현달이 되고 혜월은 남쪽으로 가서 하현달이 되기로 하고 만공은 중간에서 불법을 펴기로 약속한 적이 있었다. 수월은 그 약속을 떠올려 북으로 가 불법을 펴기로 결심하였다.
 수월이 만주에 머물고 있었을 당시 마적과 비적을 막기 위해 집집마다 개를 풀어 놓아 길렀다. 이 개들은 마을 사람들은 물지 않지만 낯선 사람일 경우 사납기가 굶주린 맹수에 못지 않았다. 특히 밤에 마을로 숨어 들어오는 사람의 경우에는 예외가 있을 수 없었다.
 어느 해 가을, 달빛을 길벗 삼은 수월은 사람들의 만류에도 불구하고 밤길을 걷게 되었다. 수월의 발길이 마을 어귀에 들어선 순간 마을을 지키고 있던 만주 개 한 마리가 사납게 울부짖기 시작했다. 그러자 집집마다 묶여 있던 개들이 일시에 짖어대기 시작하였는데 그 소리가 만주 벌판을 쩌렁쩌렁 울리는 듯하였다.
 마적떼들이 출몰한 것으로 알고 있던 주인들이 일시에 묶었던

개 줄을 풀어 놓았다. 그러자 수십 마리의 개가 수월이 들어서고 있던 마을 어귀로 몰려 나왔다.

그런데 얼마 지나지 않아 온 들판이 울리도록 짖어대던 소리가 뚝 끊겼다. 이상히 여긴 마을 주민들이 경계를 풀지 못한 조심스러운 발길로 하나 둘 모여들었다.

그 순간, 그들은 믿을 수 없는 광경을 보고 말았다.

낡은 한복을 입은 초라한 노인이 달빛을 받으며 서 있는데 그 앞에는 미친 듯 달려나간 마을 개들이 무릎을 꿇고 앉아 있는 것이었다. 이후에도 만주 개들은 수월이 지나는 길을 한결같이 무릎을 꿇어 반겼다고 하며 비단 만주 개들뿐만이 아니라 호랑이, 날짐승, 길짐승까지도 수월이 가는 길에는 떼를 지어 몰려들었다고 한다.

짐승조차도 수월의 본디 욕심이 없고 성냄이 없는 법력과 끊임없이 베푸는 자비를 알고 있음이었다.

늘 손에서 일을 놓지 않고 누더기 옷으로 지냈던 수월은 회령, 만주 일대의 들판과 길목에 짚신과 주먹밥을 내다놓는 일도 한결같았다.

두만강을 건너 가까이에 있는 회막동에 머무는 동안 수월은 소떼를 돌보는 일꾼 노릇을 했다. 이후 만주와 러시아의 국경지대인 수분하로 들어간 수월은 얼마 지나지 않아 나자구 송림산으로 들어가게 되었고 열반에 들 때까지 그곳 화엄사에서 법력을 펼쳤다.
 한번도 자신을 말하고 드러낸 적이 없지만 수월의 이름은 드높이 알려져 만주 일대에 수월의 이름을 모르는 사람이 없고 수월을 만나기 위해 먼길을 마다하지 않고 찾아오는 사람이 줄을 이었다. 그러나 수월은 낮이고 밤이고 밭을 갈고 짚신을 삼고 나무를 하고 음식을 만들어 주린 이를 먹이는 일을 게을리 하지 않았다.

12
이만하면 단청공사가 제대로 되었구나

1885년 4월 15일 영국이 러시아의 남진을 막는다는 구실로 영국군을 거문도에 상륙시킨 이후 이 땅은 영국, 프랑스, 러시아, 청나라, 일본 등 한반도를 발판으로 서로 세력권을 확보하기 위한 각국의 세력 각축장이 되었다.

그중에서도 발빠른 일본 군대는 전국 곳곳에 그들의 군대를 주둔시키며 세력을 확장시키고 있었다. 읍내에 나갔다 일본 군대의 행패를 목격하게 된 경허는 큰 충격을 받게 되었다.

"아니 스님 저것 좀 보십시요."

"보고 있느니라."

"아이구 저런, 아니 저놈들이 우리 조선 사람들을 막 발길로 차고 가질 않습니까? 스님 여기는 분명 조선 땅인데 어찌하여 왜놈들 병정들이 저 지경으로 행패를 부린단 말입니까?"

"제 정신들 차리지 못하면 이 지경을 당하게 되는 법, 명심해야 할 것이니라."

비록 출가한 승려의 신분이었으나 나라의 되어가는 형편에 경허는 참을 수 없는 울분을 느꼈다.

경허의 발길이 멈춘 곳은 뜻밖에도 주막, 그날 경허는 술을 동이째 들이마셨다. 나라의 운명은 이미 기울어 왜나라 병정들이 조선 땅을 짓밟고 가난한 백성들은 이중삼중으로 고통을 당하고 있었으니 이를 목격한 경허가 충격을 받은 것은 당연한 일이기도 했다. 이때부터 경허는 때와 장소를 가리지 않고 술을 마시는가 하면 기이한 행동을 일삼곤 했다.

"스님 이제 그만 절로 돌아가시지요."
"아니다, 저 마을에서 시주를 따로 받아야 할 일이 있느니라."
"아니, 시주를 따로 받아야 할 일이라니요?"
"양식 탁발은 이만 하면 됐으니 이제 단청공사를 하기 위해 시주를 받도록 하자."
"단청공사요?"
"나는 저기 느티나무 서 있는 집부터 오른쪽으로 한바퀴 더 돌터이니 너는 저기 저 우물 있는 데서부터 왼쪽으로 돌아 나오너라. 알겠느냐?"
"허지만 스님 느닷없이 왠 단청공사입니까?"

"허허 내가 단청공사를 해야겠다면 그런 줄 알 것이지 어찌 그리 말이 많은고?"

"아, 알겠습니다. 스님."

"한 바퀴 휭 돌아 다시 이 정자에서 만나야 할 것이니라."

한참이 지난 후 경허와 제자는 다시 정자에서 만났다.

"아이구 스님 제가 좀 늦었습니다. 그런데 말씀도 마셔요. 먹고 살기들도 어려운 형편이라 겨우 엽전 대여섯닢 얻었습니다."

"그거면 되었느니라. 자 내가 시주 받은 것도 네가 맡아가지고 있다가 단청공사 값을 치루어야 할 것이니라."

말을 마친 경허는 바랑을 고쳐 멘 후 읍내 쪽으로 발길을 돌렸다.

"예, 아니 그런데 왜 또 읍내쪽으로 가십니까요?"

마침내 경허의 발길이 멈춘 곳은 주막집 앞이었다.

"아니 여긴 술집이 아닙니까요?"

"들어가자꾸나."

"아이구 스님 저는 들어가지 않겠습니다."

"그럼 여기 서서 기다리겠단 말이냐?"

"제발 이러시오면 아니되옵니다. 스님."

"되고 아니되고는 내가 알아서 할 것이니라."

"아이구 스님."

"주모는 어디 계십니까?"

"예 나갑니다요, 어서 오십, 아니 나는 술손님인 줄 알았더니 웬 스님들 아니십니까?"
"으음, 술 마시면 술 손님이지, 술 손님이 따로 정해져 있답디까?"
"예에? 아니 그럼 스님들께서 술 한잔 하시게요?"
"주모께선 말씀을 삼가해 주십시요, 우리 스님께선 곡차를 하러 오신 것이지 술을 마시러 오신 게 아닙니다."
"아이 난 또 무슨 말씀이라구, 호호호 그럼 술은 관두고 곡차로 한잔 올리겠습니다요."
"고이연 놈 같으니라구."
"예에?"
"이놈아 술이면 술이요, 물이면 물이지 곡차란 언사는 왜 농하는고?"
"그건 저 그냥 들은 풍월입니다요."
"네 이놈! 물을 마실 적에는 물인 줄 알고 마셔야 하고 술을 마실 적에는 술인 줄 알고 마셔야 할 일이거늘 술을 곡차라고 언사를 농하여 제 마음을 제가 속이고 남의 눈까지 속이려 하다니 그런 못된 버릇을 어디서 배웠는고?"
"아이 참 스님두 들은 풍월이라고 하지 않았습니까?"
주모가 술상을 가져오며 둘이 주고받는 이야기를 들었는지 웃었다.

 "호호 곡차면 어떻고 술이면 어떠실려구. 스님 쉰네가 한잔 따라올릴까요?"
 "아 닙니다. 제가 따라드릴테니 주모께서는 가서 일보십시요."
 "허 어서 따르지 않고 뭘 하는고?"
 "정말 잡수시겠습니까? 스님."
 "단청공사를 하려면 마셔야 하느니라. 거 목이 컬컬하던 차에 술맛 한번 좋다. 자, 어서 한잔 더 따르도록 하여라."
 "그런데 스님 대체 무엇 때문에 술을 마십니까?"
 "차차 알게 될 것이니라. 어허 술맛 좋다."
 경허는 제자가 술을 따르기 바쁘게 잔을 비우고 잔을 비우고 하였는데 술맛이 무척 달아 보였다.
 "스님! 대체 스님은 기쁜 일 슬픈 일이 따로 있으십니까?"
 "내 비록 삭발 출가했으되 사람임이 분명하고 몸엔 아직 습기가 남아 있음이니 슬픈 일 답답한 일이 왜 없겠느냐. 세상이 온통 불타고 있어서 부처님은 슬퍼하시고 탄식하셨느니라. 나라와 나라가 서로 욕심을 부리고 잘났다고 우기다가 전쟁을 일으켜 사람을 죽이고, 중생들은 중생들대로 허욕의 불, 원한의 불, 증오의 불, 애욕의 불로 속을 태우나니 어찌 답답한 일이 아니겠느냐."
 "스님 이젠 제발 그만 하시지요. 얼굴이 온통 발갛게 되었습니다."
 "내 얼굴이 발갛게 되었다구? 허허 그럼 단청공사가 제대로 된 것이구나, 아까 그 돈으로 술값을 치루도록 하여라."
 경허의 말귀를 알아듣지 못한 제자는 단청공사 시주금으로 술값을 치루라는 말에 어이가 없었다.
 "예 아니 단청공사 시주금으로 술값을 치루라고요?"
 "내 얼굴색이 술기운으로 발갛게 되었으니 단청공사는 이미 다 된 것이거늘 달리 무슨 단청공사가 필요하단 말이냐?"
 "아니 스님 그러시면?"
 "세상이 온통 썩어가거늘 서까래 기둥에 색깔을 입힌들 무슨 소용이겠느냐? 세상이 온통 썩어 문드러졌거늘 분 바르고 색칠 한다고 될 일이겠느냐? 차라리 내 얼굴에 단청을 하는 것이 백 번 나을 것이니라."

 천장암을 떠난 경허가 충청도 서산군 운산면 신창리 상황산에 있는 개심사에 머물 때였다. 이곳에서 경허는 만공에 이어 두번째 법제자 혜월을 만나게 되었다.
 "천장암에서 오신 경허스님께 문안드립니다."
 "그래 무슨 일이던고?"
 "경허스님을 뵙겠다고 객승 한 분이 찾아오셨습니다."
 "소승 경허스님께 문안 드리옵니다."

"으음, 어디서 온 누구이던고?"
"소승 혜월이라 하옵고 덕숭산 정혜사에서 왔사옵니다."
"덕숭산 정혜사에서 온 혜월이라고 했겠다?"
"그러하옵니다. 스님."
"그래 무슨 볼일로 나를 찾아왔는고?"
"소승 한 가지 알고 싶은 게 있사온데 제 은사스님께 여쭈었더니 경허스님을 찾아가서 여쭈라 하시기에 천장암을 거쳐 여기까지 오게 되었습니다."
"그래, 그럼 그토록 궁금한 것이 대체 무엇이던고?"
"관세음보살이 북쪽으로 가신 뜻은 무엇이옵니까?"
경허는 느닷없이 주장자로 혜월의 등을 내리쳤다.
"너는 나에게 관세음보살이 북쪽으로 가신 뜻을 물었거니와 나는 주장자로 이미 대답을 했느니라. 자 그것 말고는 더 물을 게 없느냐?"
"있습니다. 스님."
"무엇이던고?"
"바로 이것입니다. 스님."
객승 혜월은 불끈 쥔 주먹을 경허 앞에 내밀었다.
"허허허 들어오너라."
불교 집안에서는 이렇듯 스승이 제자를 알아보고 제자 또한 스승을 단번에 알아보니 이렇게 해서 불교의 법맥과 선맥이 면면히 이어져 내려오고 있었다.

　수월을 자비의 화신이라고 한다면 경허의 두번째 제자인 혜월은 천진불이라 할 수 있다. 그의 순진과 무구는 항상 깨끗이 닦인 거울과 같아 경허의 말 한마디 한마디에 큰 깨우침을 얻었던 바 경허는 혜월을 방에 들임으로서 수법 제자로 받아들인 것이다.
　수월보다 여섯 살 아래인 혜월은 열한 살의 어린 나이로 덕숭산 정혜사에 출가 입산하여 동심을 그대로 지켜나갔으며 글도 배우지 않았다.
　낫 놓고 기역자도 모른다고 하여 까막눈 스님이라고도 알려진 혜월은 깨달음을 얻고 지혜를 밝히는 데 있어 학문과 지식이 오히려 걸림돌이 될 수 있다는 좋은 본보기가 되어주기도 한다.
　천진과 무구로 드러나는 혜월은 많은 동물과 즐겨 이야기를 나누었다고 하는데 그중에서도 혜월이 특히 좋아한 것은 소였다. 또한 혜월은 밭일에 열심이어서 '혜월이 있는 곳에 사전 개간이 있다'는 말처럼 밭을 열심히 갈아 절 살림에 보탬이 되고자 하였다. 농사일이 커지면서 자연 소가 필요하게 되자 혜월이 직접 우시장에 나가 소 한 마리를 사게 되었다.
　얼룩이가 온 이후 혜월이 소에 기울인 정성은 각별하고도 남다른 것이었으니 혜월은 얼룩이를 씻겨주는가 하면 쓰다듬어 주

기도 하고 힘들게 일을 한 날은 위로해 주기를 잊지 않았다. 그 정성이 하루 이틀이 아니라 수년간 하루도 다름이 없어 얼룩이와 혜월의 관계는 부모 자식과 같이 진한 것이었다.

 그러던 어느 봄날 밤새 얼룩이가 깜쪽같이 사라져 보이지 않았다. 소 도둑이 들어 외양간에 있던 얼룩이를 끌고 가버린 것이다. 순간 절안은 벌집을 쑤셔놓은 듯 북새통이 벌어졌다. 그도 그럴 것이 얼룩이는 혜월이 각별하게 아끼는 소라는 것을 모르는 사람이 없는 터였다. 그러나 정작 혜월은 묵묵히 듣고만 있더니 절 안팎을 살펴보는 것이었다. 그리고는 인적이 없는 뒷산을 오르고 있었다.

 얼마만큼 올라왔다 싶은 때 혜월은 소리쳐 외쳐댔다.

 "얼룩아— 얼룩아—."

 그러자 마을 사람들 눈을 피해 산 비탈길을 내려가던 소도둑에게 고삐를 잡혀 버르적거리던 얼룩이가 이 소리를 듣고는 한 발짝도 꼼짝 안하며 화답하듯 큰소리로 울었다.

 "음메— 음메—."

 얼룩이가 더 이상 끌려가지 않으려고 용을 쓰며 버티는 사이 날이 밝고 혜월과 절 식구들은 얼룩이가 있는 곳을 찾아내 도둑들을 붙잡을 수 있었다.

 소도둑을 붙잡은 행자들이 도둑을 절로 끌고와 마구 때리기 시작하였다. 혜월은 오히려 도둑들의 옷에 묻은 흙을 털어주며

행자들을 나무랐다.
 "소를 다시 찾았으면 됐지, 무엇 때문에 사람을 때리는고?"
 그리고는 다음과 같이 말하였다.
 "안가겠다고 하는 소를 끌고 밤새 가셨으니 얼마나 힘드셨겠나, 자 이제 어서 가서 쉬시게나."
 혜월은 출가 입산하였던 덕숭산 정혜사를 떠나지 않고 줄곧 한곳에서만 머무르고 있었다. 평생 손에서 괭이와 지게와 죽비를 놓은 적이 없었다고 하는 혜월은 '하루 일하지 않으면 하루 먹지 않는다'고 말한 백장 스님의 뜻을 따라 살았다.
 괭이로 땅을 가꾸고 지게로 나무를 지고 죽비로는 제자들을 가르치고 깨우치는 데 썼다고 한다. 그중에서도 가장 즐겨 열심히 하였던 것은 땅을 가꾸어 농사를 짓는 일이었다.
 부산 선암사의 주지직을 맡고 있던 1921년, 스님은 문전옥답 다섯 마지기를 팔아 산 위 계곡을 개발해서 다랑치 논을 만들었다. 일꾼들에게 품삯을 주어가며 산을 깎고 둑을 쌓아 논을 만드는 데는 많은 돈이 들었다. 더구나 혜월스님은 누구에게나 법문 들려주기를 좋아했으니 일하기 싫어하는 일꾼들은 일부러 법문을 들려 달라고 조르곤 했다. 법문을 듣는 동안만은 그 힘든 일을 안해도 되었기 때문이었다. 이렇게 해서 산비탈에 겨우 세 마지기 정도의 다랑치 논을 만들었는데, 문전옥답 다섯 마지기를 판 돈이 다 들어가고 말았다.

 혜월스님의 제자들은 이구동성으로 손해를 보았다고 불평이었다. 농사가 잘 되는 문전옥답 다섯 마지기를 팔아서 겨우 새로 만든 논이 산비탈의 천수답 세 마지기였으니, 이건 정말이지 어느 누가 보아도 엄청난 손해를 본 것이 분명했다.
 그러나 혜월스님은 새로 만들어진 다랑치 논 세 마지기를 바라보면서 크게 만족하여 싱글벙글이었다.
 보다못해 제자가 여쭈었다.
 "스님, 그렇게 큰 손해를 보시고도 뭐가 그리 좋으십니까?"
 "이 놈아, 손해는 무슨 손해야? 큰 이익을 보았지."
 "이익을 보시다니요?"
 "이 놈아, 눈을 크게 뜨고 봐라! 내가 팔아먹은 문전옥답은 조선 땅 그 자리에 그대로 있지. 돈은 조선 사람 인부들이 먹고 살았지. 없던 논이 새로 생겼으니 이게 이익이지 어째서 손해야?"
 이렇듯 철저한 무소유에 근거한 혜월의 선풍은 정혜사를 떠난 운수행각 이후 남쪽에서 큰 바람을 일으켰다.

13
내 살을 베고
내 피를 내어 드리리다

열네 살의 나이에 경허와 맺은 법연으로 그의 수법제자가 된 만공은 경허와 얽힌 일화를 가장 많이 남기고 있다. 오늘날 경허에 대한 기록이 남을 수 있었던 것은 만공의 덕분이다. 경허의 법문, 시문, 오도송, 게문, 결사문 등을 분류해 문집을 만든 것도 만공이요 기억을 되살린 끝에 일일이 구술하여 경허의 초상을 그리도록 주선한 것도 만공이다.

서로의 법기를 알아본 운명적인 두 사람의 만남은 불법을 공유하는 신뢰 속에 융해되어 있거니와 특히 경허에 대한 만공의 사모와 존경은 절대적인 것이었다.

경허에 대한 만공의 극진한 정성을 드러내는 일화로 다음과 같은 이야기가 전해지고 있다.

　직지사 제산스님이라면 율행과 덕행이 높아 한결같이 큰 스님으로 존경받고 있었는데 이 스님은 경허의 법을 신봉하는 제자였다.

　경허가 해인사 조실스님으로 있을 당시 경허의 시봉을 들었던 스님은 다름아닌 제산스님이었다. 그런데 당시 사,오백명이나 되는 대중을 거느린 대사찰에서 경허 조실스님의 뜻을 받들어 모시기란 보통 어려운 일이 아니었다. 기행과 파격을 일삼는 경허의 행동을 대중들이 모르게 덮어두어야 하는가 하면 대중들을 설득시켜야 하는 일이 빈번했기 때문이다.

　스님이 하는 일 중에 밤마다 고기와 술을 구해 바치는 것이 큰 일과였다. 혹시라도 대중들이 알게 되어 문제가 생길 것을 염려한 스님은 밤을 틈타 손수 술과 안주를 준비하곤 했다.

　그러나 꼬리가 길면 잡히는 법, 마침내 그 사실이 대중들 사이에 알려지고 말았다. 그러자 대중들은 산중에 무슨 변고나 난 것처럼 야단이었다. 몇 사람의 납자만 모이면 이 일을 화제로 삼아 경허 조실스님과 제산스님을 성토하기에 이르렀다.

　그 당시 해인사의 주지스님은 남전 한규스님이었는데 스님까지도 이 사실을 알게 되었다. 이 소문을 들은 주지스님이 제산스님을 만나 소문의 사실 여부를 캐묻게 되었다.

　"경허 조실스님께 곡차와 안주를 갖다 바친다는 소문이 떠돌고 있던데 그것이 사실이요?"

"예, 그렇습니다. 제가 경허 큰 스님을 위해 밤마다 곡차를 준비하고 안주를 마련하고 있습니다."

제산스님은 망설이는 기색조차 없이 태연하였다.

남전 주지스님은 허위 낭설이려니 하고 물었던 것이었는데 제산스님의 이와 같은 답을 들으니 어이가 없었다. 주지스님으로서는 믿을 수가 없는 일이었다. 더이상 말을 잇지 못한 주지스님은 얼굴이 붉어진 채 자리를 피하고 말았다.

평소 법력이 높아 추앙받는 선지식 경허 조실스님이요, 또 학덕과 율행을 겸비한 것으로 알려진 제산스님이었다. 그런 스님이 밤이면 밤마다 곡차와 안주를 마련해 바치고 또 그것을 달게 드신다니 있을 수 없는 일이었다. 더구나나 해인사는 팔만 대장경을 모신 법보 사찰로서 어느 곳에 앞서 부처님의 가르침을 따라 행해야 하는 곳이었다.

이 일로 주지스님은 며칠을 두고 깊이 생각하였다.

그 결과 주지스님은 경허 스님의 법력이 정말 그토록 큰가 하는 의구심에서 경허 스님의 법문을 듣는데 열중하였다. 마침내 들으면 들을수록 심오한 경허의 법문에 감심된 주지스님은 자신도 경허에게 술과 안주를 갖다 바쳤다고 한다.

어느날 만공을 비롯해 남전 주지스님, 제산스님 이 세 스님이 자리를 함께 할 기회가 있었다. 이 자리에서 경허 큰 스님의 법을 이야기하던 중 각기 큰 스님에 대한 믿음의 정도를 말할 기

회가 있었다.

먼저 제산스님이 말하였다.

"누가 뭐라 하든 나는 경허 조실스님께 계속하여 곡차와 안주를 갖다 바치리다."

남전 스님이 말을 받았다.

"경허 큰 스님과 같은 어른이라면 닭 아니라 소를 잡아 올려도 조금도 거리낄 게 없소이다."

이에 만공 스님이 다음과 같이 말하였다.

"나는 경허 큰 스님을 위해서는 무엇이든지 할 것이다. 만약 전쟁이 나 깊은 산중에 모시고 있다가 양식이 떨어지면 내 살을 베어 스님께 드릴 것이고 내 피를 내어 스님께 드릴 것이다. 그리하여 삼천대천세계 중생들의 업을 제도하시도록 할 것이다."

자신의 살과 피를 내어 스승인 경허에게 드릴 수 있다는 만공의 충정과 불법호구의 정신은 이토록 절실한 것이었으니 국운이 다하고 불법이 흔들릴 때조차 면면히 이어져 내려온 한국불교의 저력이었다.

만공소년은 경허가 써준 서찰 한장을 들고 간 천장암에서 태허스님을 은사로 경허를 계사로 하여 사미계를 받고 월면이란 법명을 내려 받았으나 정작 운수행각을 위해 천장암을 떠나 있는 경허로부터 배우고 익힐 기회를 얻기란 어려운 일이었다. 천장암에서 지낸 10년간을 부목 대신 공양주 대신 사미승으로 지낸 만공이 스물세 살 되던 1893년 음력 동짓날 초하룻날 밤이었다.
 월면은 그날 낮에 천장암을 찾았던 스무 살이 채 안되어보이는 앳된 청년과 하룻밤을 함께 지내게 되었다.
 바람소리가 산사의 정적을 깨고 울부짖듯 사나운데 얇은 문풍지 사이로 찬바람이 스쳐들어 절로 이불깃을 여미게 하는 밤이었다.
 "월면 수좌 주무십니까 ?"
 청년은 조심스럽게 물었다. 월면이 설핏 잠이 들 때까지도 청년은 잠을 이루지 못한 채 뒤척이던 것을 알고 있었다. 막 잠에 빠져들려 했던 월면이 청년 쪽으로 몸을 돌려 누웠다.
 "스님, 아직 안 주무시면 뭐 좀 여쭤볼까 합니다."
 "나한테 뭘 물으시려 한다구요 ?"
 "예. 스님께서는 출가하신 지가 오래 되셨을 테니까 알고 계실 듯합니다. 다름 아니오라 '모든 법은 하나로 돌아간다. 그런데 그 하나는 어디로 돌아가는가(萬法歸一 一歸何處)'라는 뜻을 알고 싶어 그럽니다."
 "만법귀일 일귀하처?"
 그러나 월면은 그 말이 전혀 생소하였다. 깨달음을 얻겠다고 출가하여 구년씩이나 절밥을 먹고 있었으나 월면은 그 말조차

처음 듣는 것이었다.

　그때서야 비로소 월면은 자신의 공부가 잘못되었다는 것을 깨달았다.

　그날 밤을 꼬박 새운 월면은 천장암을 떠나기로 결심하였다. 아버지 같이 받아주는 스님 곁에서 시중을 들고 어리광이나 피우면서 공부를 하기는 어려울 것 같았다.

　만법귀일 일귀하처 모든 법은 하나로 돌아간다. 그런데 그 하나는 어디로 돌아가는가, 조주의 화두에서 비롯된 이 공안은 이제 월면이 타파해야 할 화두가 되었다. 날이 밝기 전 천장암을 떠나기로 한 월면은 법당을 향해 합장배례하였다. 주지 태허스님과 경허스님이 계시는 쪽을 향해 합장배례로 인사를 대신하고 절문을 나온 월면은 가슴이 더워지는 것을 느꼈다. 오랫동안 정들었던 절문을 나서는 것도 아버지같이 따르던 태허스님을 떠나는 것도 경허스님을 떠나는 것도 월면에게는 아무런 걸림이 되지 못하였다.

　월면의 더운 가슴은 진리를 깨우치고 말겠다는 구도자로서의 사명감만으로도 벅차오르고 있었다.

　어두컴컴한 새벽 바랑 하나를 어깨에 걸머진 월면이 걸어걸어 다다른 곳은 온양의 봉곡사였다. 그곳에서 법당을 청소하고 관리하는 일을 도맡아하는 노전소임을 맡게 된 월면은 불철주야 만법귀일 일귀하처 라는 화두의 타파를 위해 용맹정진하였다.

그러나 화두는 진전이 없었다. 그럴수록 월면의 정진은 더욱 철저해졌다.

봉곡사에 온 지 두 해째 되던 해 초가을 새벽, 면벽하고 있는 월면의 눈 앞에 갑자기 벽이 무너져내리며 찬란한 빛과 함께 큰 일원상 하나가 나타났다.

순간 월면은 모든 법이 하나로 돌아가는 길을 발견하였다. 천장암을 떠난 지난 이년간 단 한순간도 놓지 않았던 화두 '만법귀일 일귀하처' 월면의 가슴 깊은 곳 용솟음쳐 올라오던 수도의 궁극이 이제야 비로소 타파된 것이다. 월면은 천지가 개벽을 하는 개안, 깨달음의 법열을 몸소 체험하였다. 홀연히 화장찰해(華藏刹海)가 열리고 환희심이 솟아올랐다. 월면이 깨달음의 기쁨에 차 있을 때 밖에서 새벽 종소리가 스승 경허스님의 웃음소리처럼 크게 울리기 시작했다. 경내로 나온 월면은 새벽안개 속에서 덩실덩실 춤을 추었다. 춤을 추며 깨달음의 노래인 시 한 수를 지어 읊었으니 이것이 바로 유명한 만공스님의 오도가이다.

빈 산의 이치와 기운은 옛과 지금의 밖에 있는데
흰구름 맑은 바람은 스스로 오고가누나
무슨 일로 달마는 서천을 건너왔는가
축시엔 닭이 울고 인시엔 해가 뜨네

깨달음을 이룬 월면은 다음날 아침 대중들에게 밤새 자신이 겪은 것을 말했다.

"여보게, 내가 어제 갑자기 벽이 무너져내리며 눈 앞에 큰 일원상이 나타나는 것을 보았다네."

그러나 월면의 말을 곧이듣는 사람은 없었다. 오히려 미친 놈 취급을 할 뿐이었다.

더 이상 봉곡사에 있을 수 없게 된 월면은 떠날 결심을 하였다.

월면이 지리산 청학동으로 향하던 중 노인을 만나 길을 묻게 되었다. 그러나 월면이 지리산으로 간다는 말을 전해 들은 노인은 대답 대신 펄쩍 뛰는 것이었다.

노인은 전라도 일대가 동학란으로 인해 모두 초토화되다시피 하였고 곳곳에서 계속된 민란과 지리산 속에 숨어 기회를 엿보고 있는 동학군들로 인해 목숨을 부지하기도 힘들다는 말을 전하였다.

"목숨을 내놓겠거들랑 가시우. 내 알 바 아니니."

하는 수 없이 행선지를 바꾼 월면이 닿은 곳은 공주 마곡사.

하룻밤 쉬어갈 요량으로 들른 그곳에서 만난 보경스님은 월면의 법기를 알아보았던지 하룻밤을 지내고 행장을 꾸리는 월면을 만류하였다. 그리고 자신이 공부하던 토굴을 선뜻 내주었다.

이로써 월면의 정진은 마곡사에서 계속되었다. 보임을 위해 토굴로 들어간 월면은 다시 '만법귀일 일귀하처' 화두를 잡고 공부하였다.
　오로지 보임생활을 위해 보낸 것이 어느새 두 해째.
　하루는 운수행각을 하던 스승 경허가 마곡사 토굴로 찾아왔다. 월면이 공부하고 있다는 소식을 듣고서였다. 월면은 오랫만에 만난 스승 경허가 반갑기 그지없었다.
　월면은 경허에게 삼배하여 제자로서의 예를 갖춘 뒤 그간의 공부를 얘기하였다. 스승 경허에게 깨달음의 경지를 인정받고자 함이었다.
　월면의 얘기를 다 들은 경허는 몇 번이고 고개를 끄덕였다.
　"나를 버리고 야반도주한 지 삼사 년이 넘었거늘 …… 공부를 많이 했구나. 화중생련(火中生蓮)이라, 불속에서 연꽃이 피었구나."
　말을 마친 경허는 자신이 입고 있던 등토시를 가리키면서 물었다.
　"이것이 무엇인고?"
　때는 무더운 복중, 경허는 옷속에 등나무로 만든 등토시를 입고 있었다. 경허가 등토시를 가리키면서 묻자 월면은 그 즉시 대답하였다.
　"등토시입니다."
　이번에는 손에 쥐고 부치던 부채를 가리키며 물었다.

"그럼 이것은 무엇이더냐?"
"예. 그것은 부채이옵니다."
"그럼 여기 등토시 하나와 부채 하나가 있는데 토시를 부채라고 하는 게 옳겠느냐, 부채를 토시라고 하는 게 옳겠느냐?"
"토시를 부채라 하여도 옳고 부채를 토시라 하여도 옳습니다."
경허는 다시 물었다.
"그럼, 다비문(茶毘文)을 본 적이 있던가?"
"예, 본 적이 있사옵니다. 스님."
"그 다비문에 유안석인 제하루(有眼石人 齊下淚), 즉 눈 있는 돌사람이 눈물을 흘린다 하는 구절이 있거늘 이 무슨 뜻인고?"
'유안석인 제하루'
월면은 그 구절은 들어 알고 있으나 뜻을 새기지는 못하였다.
"잘 모르겠사옵니다. 스님."
"딱!"
순간 경허의 주장자가 사정없이 월면을 내려쳤다.
"눈 있는 돌 사람이 눈물을 흘린다, 이뜻을 정녕 모른단 말이냐?"
"예. 모르겠사옵니다."
"네 이놈! 그것도 모르면서 어찌 부채를 토시라 하고 토시를 부채라고 할 수 있단 말인고?"
경허는 실망을 감추지 못하였다. 만공의 깨달음은 활연대오에

미치지 못하고 이제 겨우 초견성에 이르렀음을 알아차린 것이었다.
 이에 경허는 월면에게 조주스님의 '무(無)'자 화두를 주었다.
 "그동안 네가 참구한 '만법귀일 일귀하처'는 더이상 진보가 없으니 새로운 화두를 주겠다. 조주선사의 무자화두를 줄 터이니 정진하여 다시 깨달음을 얻기 바란다."
 일천칠백 가지에 달하는 화두 중 가장 유명한 화두이기도 한 '무'자 화두는 가장 많은 부처를 탄생시킨 화두이다.
 스승 경허에게 깨달음의 경지를 인정받고자 했던 월면은 경허가 떠난 후 토굴에 들어가 '무'자 화두를 들고 용맹정진에 들어갔다.
 그러나 월면의 '무'자 화두는 진전이 없었다.
 '없을 무, 없다는 것은 있는 것을 긍정하고 난 연후에 가능한 것인데 부정할 것조차 없다는 그 한 생각……'
 월면은 날이 갈수록 오히려 실타래가 더 엉기는 듯하였다. 화두를 풀고자하면 할수록 화두는 더욱더 복잡하게 엉겼다. 좌절과 혼란과 의지의 배반을 이겨나가는 자기자신과의 피나는 싸움, 깨달음이란 결국 그것 아니겠는가. 그리하여 자기자신의 실체조차 인지하지 못하게 될 때 홀연히 광명 대자대비의 법신으로 우뚝 서게 되는 것 아닌가. 부처님의 법을 깨우치고 진리를 깨우쳐 '위로는 도를 구하고 아래로는 중생을 제도하겠다'는 불

같은 염원도 그러나 더 멀리 달아나는 것만 같았다.

마침내 더이상 무자화두를 들어 참구하는 것을 중단한 월면은 부석사로 향하였다. 월면에게 무자 화두를 주고는 홀연히 사라져버린 경허를 만나기 위해서였다. 월면은 스승 경허를 만나 자신의 미혹을 고백한 후 경허의 곁에 머물러 참구하도록 허락을 구하였다.

이어 1897년에는 범어사로 떠나는 경허를 쫓아 여름 한철을 참선 수행한 후 양산 통도사의 백운암에서 정진을 계속하였다.

무자화두를 들고 앉아 있던 어느날 새벽, 월면은 범종소리와 함께 사방이 환해지는 것을 보았다.

"……!"

월면은 두손을 모아 합장배례하였다. 오랜 참구 끝에 얻은 두번째 깨달음이었던 것이다. 희열감이 전신을 감쌌으며 자신을 옥죄고 있던 것들이 단숨에 풀려나가는 자유로움을 느꼈다. 비로소 무자화두를 타파한 월면은 어디에 계신지도 모르는 경허스님께 세 번 절을 올린 후 가슴 속 깊은 곳에서 울리는 노래를 불렀다.

고요한 밤 밝은 달을 보고 도를 깨닫기도 하며
새벽 범종소리에 도를 깨닫기도 하며
멀리서 들려오는 닭 울음소리에 도를 깨닫기도 하며

이웃집 아기 우는 소리에 도를 깨닫기도 하며
큰 스님 법문에 문득 도를 깨닫기도 하니
좋은 인연 따라 머리머리마다 도를 깨닫지 못할 곳이 없구나.
싱그러운 광명이 하늘도 덮고 땅도 덮고
밤도 없고 낮도 없는 광명의 세계를 이룬다 하나
월면이 아는 바는 그렇지 아니하니
터럭만치도 밝음이 없고
터럭만치도 어두울 것이 없구나

몇년 후 월면을 만난 경허는 비로소 월면이 활연대오하였음을 알아보았다. 그리고 흡족한 마음으로 만공(滿空)이라는 법호와 전법게를 내렸다.
 "내 아무리 둘러보아도 사람이 없어 이 의발을 누구에게 전할고 걱정하였더니 이제 만공 그대에게 법을 전하니 마음이 놓이는구먼."
 오랜 정진 끝에 깨달음에 이른 제자 만공을 바라보는 경허의 마음은 흐뭇하기 그지없었다. 그것은 깨달음을 얻기가 얼마나 힘들고 어려운 일인지 겪은 사람만이 나눌 수 있는 기쁨이었다.

14
나를 때려라

1897년 여름 한철을 경허는 스승을 따라 나서는 만공과 함께 동래 범어사에 머물렀다. 그 동안 경허는 범어사에 영남 지방 최초의 선원을 개설해 참선 수행을 가르치고 있었다. 그 다음해는 가야산 해인사 조실로 초빙되어 당시 국왕의 칙명으로 추진한 팔만대장경 간행불사를 추진하는 한편 해인사에도 수선사라는 참선모임을 창설하였다.

안거에 들어가면서 선객의 방명록을 기록한 『해인사 수선사 방함록 서』에 경허는 자신을 가르켜 호서로 돌아가는 병들고 머리벗겨진 늙은이로 이른다. 그러나 당시 해인사에 머물며 쓴 시 중에는 이와 같은 것들이 있기도 하다.

어떤 이는 물이라 하고 어떤 이는 산이라 하네

산은 구름 속에 묻혔는데 맑은 물 석간에 흐르고
대광명체여 걸림도 끝도 없어
앞 가슴 풀어헤치고 아득히 바라보니
물과 다못 산일러라

해인사에 머물던 어느날 경허와 만공은 대구 팔공산 동화사에 가기 위해 길을 나섰다. 범어사, 해인사를 비롯해 영남 일대에 선원을 개설해 선풍을 진작시킨 경허는 팔공산 주지스님의 특별 법회에 초대를 받아 가는 길이었다.
 경허가 절문을 나설 무렵 만공이 느닷없는 동행을 고집하였다. 경허 역시 특별히 만류하지 않았던 것은 먼길에 법제자로서 길동무로서 만공이 요긴하겠기 때문이었다. 두 사람의 사이에는 또한 스승과 제자 사이를 넘는 정이 있었으니 가능한 일이기도 하였다.
 두 사람은 아침 일찍 절문을 나섰으나 어느새 한낮이 가까워지고 있었다. 해가 산꼭대기에 오르면서 두 사람은 시장기가 돌기 시작하였다. 길은 첩첩산중에 인가를 지난 지는 오래였다.
 "스님, 많이 시장하시지요?"
 "그러하면 어디 술법이라도 행하여 볼 테냐?"
 "아이 참, 스님두."
 만공은 얼굴을 붉혔다. 벌써 오래 전의 일을 경허는 가끔씩 만

공을 놀리기 위하여 되새기곤 하였다.
 천장암에 있을 당시의 일이다.
 만공의 공부가 높아져 어느 경계에 이르자 사람의 마음과 세상 일을 보지 않고도 손바닥에 놓고 보듯 알게 되었다. 그리하여 여러 사람들의 어려움을 풀어주고 심지어는 죽게 되는 함정에서도 능히 살 수 있는 지혜를 일러주었다. 그러나 경허는 『백유경』의 예를 들어 술행을 엄하게 금하였다.
 옛날에 잘난 체하는 사람이 있었다. 이 사람은 자신의 재주를 크게 과신하고 사람들 앞에 나서 뽐내기를 좋아하였다. 한번은 이 사람이 이웃마을에 간 후 아이를 안고 울고 있었다. 못보던 사람이 아이를 안고 울자 지나가던 사람이 물었다.
 "당신은 누구신데 남의 집 아이를 안고 웁니까?"
 "나는 이웃마을에 사는 사람인데 오늘 우연히 여기를 지나다 보니 이 아이가 이레 후에 죽게 생겨 너무 불쌍해 울고 있는 것입니다."
 그러자 깜짝 놀란 사람들이 몰려들었다.
 "아니 이렇게 잘 놀고 있는 아이가 이레 후에 죽는다니 그게 무슨 말씀이오?"
 "글쎄, 아이가 죽는다니까요. 내 말은 아직까지 틀려본 적이 한 번도 없습니다. 두고 보십시오."
 그로부터 이레째 되던 날 그는 아이를 죽여 자신의 말을 증명

해 보였다. 아이가 죽었다는 소문을 듣고 많은 사람들이 몰려 들었다.
"슬기로운 사람이야. 그 사람 말이 꼭 맞았네."
그리고는 서로 다투어 온갖 재물을 가져다 바쳤다는 일화를 들어 엄하게 금하였다.
하지만 만공은 급하게 달려와 살려달라고 하는 사람에게는 차마 거절하지 못하여 어려움을 해결하는 방법을 일러주기도 하였다.
그러던 어느 날이었다. 경허를 시봉하던 아이가 경허에게 꾸지람을 들은 후 온다간다 없이 사라져버린 일이 생겼다. 한밤중에 별안간 어디론가 없어진 것이었다.
걱정이 된 경허는 밤늦게까지 온 경내를 돌며 아이의 이름을 불러 찾았다.
"경환아! 경환아! 네 이 녀석 그만 나오지 못하겠느냐?"
그러나 없어진 아이는 서너 시간이 지날 때까지도 모습을 드러내지 않고 있었다. 아이가 나타나지 않자 답답해진 경허가 만공에게 일렀다.
"여보게 만공, 자네가 그렇게 잘 알아맞힌다 하니 경환이란 녀석이 어디 있는지 한 번 알아보게나."
만공은 눈에 선연히 보이는듯 말하였다.
"예, 지금 경환이가 있는 곳은 나무 꼭대기입니다. 거기에 앉

아 있습니다. 그리 염려하지 않으셔도 곧 들어와 잘겝니다."
　경허가 믿기 어렵다는 듯한 표정으로 눈을 치뜨고는 고개를 저었다.
　"에이, 이 사람아, 이 밤중에, 게다가 바람까지 이렇게 심하게 부는데 하필이면 왜 나무 꼭대기에 있단 말인가? 거 참 이해할 수 없는 일이로고."
　그런데 다음날 아침, 경허는 요사채 안에서 눈을 비비며 나오는 아이와 마주치게 되었다. 그것을 본 경허는 지난 밤 만공이 한 말이 떠올라 시봉을 불렀다.
　"너 어제 어디를 갔었느냐? 그렇게 찾아도 없더니……."
　"제가 어제 스님께 걱정을 끼치기 위하여 마당 끝에 있는 괴목나무 위에 올라가 있었겠지요. 저를 찾느라고 야단이시더라구요."
　시봉을 드는 아이가 익살스럽게 웃으며 미안한 듯 머리를 긁적였다.
　"그러냐? 그럼 만공이 무엇을 알기는 잘 아는 듯싶다."
　그러나 경허는 바로 만공을 불러들였다.
　"이 사람아, 서산 대사의 말씀인즉 '설사 도인이 아무리 훌륭한 도가 있다고 할지라도 술법(術法)을 행하면 그 사람은 절대 믿지 말라' 하지 않으셨나?"
　크게 꾸짖으며 경허가 주장자를 내리쳤다.

"설사 자네가 살고 남도 살려 줄 수 있는 일이 있다 할지라도 앞으로는 절대 그러한 짓은 하지 말게."

경허는 술행하는 습관을 경계하여 만공을 나무란 것이다. 이후로 만공은 절대 아는 말을 하지 않았을 뿐 아니라 만공 자신 어려운 일에 처하더라도 그것을 이용하여 어려움을 피하려 하지 않았다.

동화사에 가던 길에 경허가 술행을 행하여 보지 않겠느냐는 말을 던진 까닭도 일전의 그 일을 이른 것이었다.

굽이진 산길을 돌아 산 마루턱에 닿았을 즈음, 어느 쪽에선가 사람들이 웅성이는 소리가 들렸다.

"아니, 이 산중에 웬 사람들일까?"

경허와 만공이 소리나는 쪽을 향해 발길을 돌렸다.

오색 포장과 깃발이 늘어진 긴 상여 행렬이 고개 마루턱에서 쉬고 있는 참이었다.

경허는 만공과 함께 장례 행렬 앞으로 다가갔다. 음식을 청해 허기를 메울 요량이었던 것이다. 상여 앞에서 합장을 한 경허는 상주에게 갔다.

"저희는 해인사에 있는 중인데 시장해서 그러니 음식을 좀 청했으면 합니다."

그러자 상여꾼 중의 하나가 나서 퉁명스레 말을 받았다.

"상여길이니 술밖에 더 있겠습니까?"

경허가 태연히 말하였다.
"술이 있으면 술을, 고기가 있으면 고기를 주시지요."
승복을 입은 중이 태연스레 술과 고기를 달라고 하자 사람들은 눈이 동그래졌다.
"아따 참, 원 별 중들을 다 보겠네."
어떤 사람은 대놓고 경허를 빈정거렸다. 그 중에 점잖아 보이는 사람이 말하였다.
"아니 대사가 어찌 술을 달라고 하십니까? 곡차라 하지도 않고."
경허가 그를 보며 대답하였다.
"시장한데 한잔 하면 되지, 굳이 다른 말할 게 뭐 있겠소?"
사람들은 어이없는 표정을 지으면서도 술 한 대접을 듬뿍 떠 내놓았다.
"그렇다면……."
막걸리였다. 그러나 경허는 술 대접을 받는 대신 손을 내저었다.
"아니, 술을 달라셔서 술을 드렸는데 어찌 마다 하십니까?"
술 대접을 건네던 사람은 기분이 상한다는 듯 경허를 쏘아보았다.
"거, 잔이 너무 작습니다. 차라리 바가지나 동이째 주시지요."
"예?"

사람들은 기가 막혔다. 그러나 한편 호기심을 느낀 사람 중의 하나가 나섰다.
"그럼, 어디 동이째 내줘봐."
그러자 술이 가득 담긴 술동이를 들어 경허 앞에 내놓았다.
술동이를 받아 그것을 단숨에 비운 경허는 입맛을 다시고 있었다.
처음부터 끝까지 경허를 지켜보던 상주는 틀림없이 도가 높은 대사라고 생각하게 되어 마음이 움직이게 되었다. 상장(喪杖)을 짚은 상주가 경허에게로 다가갔다. 그리고 공손한 태도로 물었다.
"무애행을 하시는 도가 높으신 스님 같사온데 스님들의 자비로움으로 망인이신 우리 아버님의 명당을 하나 잡아 주실 수 없는지요?"
경허가 느닷없이 버럭 소리를 질렀다. 산 전체가 쩌렁쩌렁 울리는 큰 소리였다.
"명당은 해서 뭣에 쓰게? 죽으면 다 썩은 고깃덩어리밖에 안되는 것을!"
극진한 대접을 한다고 한 상제들은 갑자기 주정꾼의 주사처럼 표변한 경허의 말투에 어이가 없었다.
"아니, 우리 아버님을 모욕해도 어느 정도지!"
울화가 치민 상제들이 모두 경허에게 달려들 듯 험악한 기세

였다.

"아니, 어디서 떠돌던 중놈들이……."

"저 놈을 그냥 놔두면 되겠느냐, 이건 우리 문중을 욕보이는 것이나 다름없는 일이다!"

둘째, 셋째 할 것 없이 우르르 몰려 든 상제들은 당장이라도 상장을 들어 경허를 후려칠 기세였다.

그러자 경허가 두 팔을 걷어올린 채 딱 버티고 서있었다. 그리고 그 옆에는 만공이 같은 자세로 서있었다. 경허와 만공, 둘 다 우람하고 건장한 체구로 그 위세가 자못 당당했다.

순식간의 일이었다. 상장을 들고 달려들던 상제들은 잠시 주춤해졌다. 어떻게 사태를 수습해야 할지 난감한 표정으로 그들은 서있었다.

그때 맏상제가 앞으로 나왔다.

"스님 말씀이 지당하십니다.『남화경』에도 있듯이 사람이 죽으면 까막까치나 구더기의 밥이 되는 것입지요. 저희들이 미흡해서 알아뵙지 못했습니다. 그러나 자손된 도리는 그렇지 못해서요."

말을 마친 상주는 행상길을 재촉해 떠날 차비를 했다.

잠자코 있던 경허가 중얼거리듯 말하였다.

"모든 것은 다 허망할 뿐이니 죽고 사는 것 원래 그러하므로 만약 모든 것이 참으로 허망한 줄 알면 그대들도 참모습을 볼 수 있을 것일세."
 먼산을 바라보던 경허가 말을 마칠 즈음 상여 행렬은 고개를 넘어갔다. 고개 너머로 구슬픈 향두가 가락이 천천히 멀어져 가고 있었다.

 팔공산을 다녀온 지 얼마 지나지 않은 무렵이었다. 경허와 만공, 두 사람이 길을 떠나게 되었다. 날이 저물기 전 산사에 딸린 조그만 암자라도 찾아갈 생각이었던 두 사람은 서둘렀지만 어느새 해거름을 맞게 되었다.
 석양으로 물든 들녘을 바라보며 두 사람은 잠시 걸음을 멈췄다.
 "스님, 오늘은 어떻게 할까요?"
 "무엇을 말이냐? 저기 마을이 있는 것 같으니 어디 부지런히 가보기나 하자."
 멀리 산 기슭 아래 마을이 들어왔다. 경허가 앞서 걷고 만공이 뒤를 따르고 있었다.
 두 사람은 마을 초입의 어느 객줏집에 묵게 되었다. 그러나 경허와 만공은 여비가 떨어져 바닥이 난 지가 며칠이나 되었다.
 날이 밝아오자 만공은 걱정이 태산 같았다.
 "스님, 어쩌면 좋지요?"
 "뭘 말이냐?"

경허는 시치미를 떼고 있었다.
"방값 밥값을 받으러 오겠는데요. 무슨 수로 나간다지요"
"내가 먼저 나가고 네가 볼모로 여기 있으면 안되겠느냐?"
"예?"
그때 마침 객줏집 주인이 숙박비와 식대를 받기 위하여 왔다. 그러자 경허가 정좌한 후에 말하였다.
"우리가 법당을 중수하려고 화주(化主)를 나왔는데 주인께서도 시주를 하시지요?"
그러자 숙박비와 식대를 받으러 온 주인은 잠시 생각에 잠겼다.
"그러면 그 화주 책을 좀 봅시다."
화주승 여부가 못미더운 객줏집 주인이 그런 안을 내었다. 순간 경허와 만공은 당황하였다. 화주 책이 있는 것도 아닌데 시주하라고 말을 꺼내 책을 보여 달라고 하니 꺼내는 시늉이라도 해야 할 상황이었다.
이때 만공이 말하였다.
"실은 이 주인댁에 우리가 화주를 하려고 왔으나 지난 밤 너무 극진한 대접을 받아 고맙기 이를 데 없습니다. 그러니 이 댁에서 이번 시주만은 그만 두셔도 괜찮소이다."
책을 내놓는 대신 짐짓 딴청을 피었다. 엉겹결에 객줏집 주인이 대꾸를 하지 못하고 있자 만공은 화주 책을 꺼낼 듯 바랑을 앞으로 내어 놓았다.
 "그렇게까지 괘념하시어 우리에게 또 시주까지 해주신다면 얼마나 고마운 노릇이겠습니까. 책을 꺼내 보여 드리지요."
 그제서야 사태가 이상하게 돌아간다고 파악한 주인이 극구 만류하였다.
 "예, 알았습니다. 알았어요."
 주인으로서는 숙박비를 받으려 하였다가 더 큰 돈을 내놓게 생긴 것이었다. 그래서 주인은 본래의 마음을 돌려 말하였다.
 "스님, 그렇다면 제가 시주를 별도로 할 수는 없고 어젯밤 두 분의 숙식비는 받지 않을 테니 그대로 가시지요."
 "그러시겠습니까?"
 두 사람은 객줏집을 무난히 빠져 나오게 되었다. 경허가 만공을 보며 대견한 듯 말하였다.
 "자네 수단이 나보다 훨씬 낫네 그려."

 경허의 명성이 경향 각지에 퍼지면서 전국의 수많은 사찰에서는 경허를 모셔가기 위해 사람을 보내오기도 하였다.
 그러던 어느날이었다. 홀로 산길을 걷던 경허는 무리지어 놀고 있는 초동들을 만나게 되었다. 한가롭게 걸음을 옮기던 경허는 문득 가던 길을 멈춰 섰다. 그리고 아이들을 불러세웠다.
 "네 이 녀석들, 이리 좀 오너라."

　노느라고 정신을 빼앗긴 아이들은 좀체 경허가 부르는 소리를 듣지 못하였다. 또한 그럴 것이 지나는 스님이 자신들을 불러 세우고 참견할 일이란 없었기 때문이었다.
　"네 이 녀석들 이리 좀 오래두."
　"저희들 말씀인가요? 스님."
　"그래, 너희들 말이다. 나를 알아보겠느냐?"
　눈이 쟁반만해진 아이들은 놀던 것을 멈추고 경허를 요모조모 뜯어보았다.
　"모르겠는데요. 스님."
　"그럼 나를 보기는 하느냐?"
　"그야 눈에 보이니까 보기야 하지요. 그런데 왜 그러십니까요?"
　"너희들 나하고 내기 한 가지 안하겠느냐?"
　"내기라니요?"
　아이들이 입을 모아 경허에게 되물었다. 내기라니, 갑자기 지나던 스님이 아이들을 불러 세우고 내기를 하자니 자연 아이들의 말꼬리가 높아질 수밖에 없었다.
　"너희들이 그 지게 작대기로 나를 치면 내가 엿 사먹을 돈을 후하게 줄 것인즉 어떠냐, 한번 해보겠느냐?"
　"어어 진짜인가봐."
　"어! 이상한 스님도 다 보겠네."

"이상할 것 조금도 없느니라. 너희들은 그 지게 막대로 그저 나를 때리기만 하면 되는 것이요, 너희들이 정말로 나를 때리기만 하면 엿 사먹을 돈을 나누어 줄 터이니, 그래도 싫으냐?"

아이들은 반신반의하며 선뜻 나서지 못하였다. 스님의 제의 자체가 낯설기도 하려니와 어른을 그것도 스님을 때린다는 게 어쩐지 썩 내키지 않았기 때문이었다. 경허는 천천히 아이들 하나하나를 바라보았다. 경허의 시선이 멎자 그 중의 하나가 마음을 굳힌 듯 경허를 향해 되물어왔다.

"스님, 정말이지요? 다른 말씀하시면 아니됩니다."

"그럼 정말이지 않구, 내 그리 실없어 보이더냐?"

"좋습니다. 자, 그럼 이 작대기로 후려칠 테니 맞으셔야 합니다. 에잇─, 에잇."

막대기를 집어든 아이는 있는 힘을 다해 경허를 때렸다.

"에잇─, 에잇."

아이의 매질에 경허는 아무 표정조차 없이 순순히 매를 맞을 뿐이었다.

"때렸다! 때렸다! 자, 맞았지요 스님."

"나는 맞지 않았느니라."

"에이 참 분명히 맞고도 안맞았다고 우기시네! 에잇!"

아이가 있는 힘을 다해 경허를 후려쳐도 경허는 순순이 아이의 매를 맞고 있을 뿐 아무 표정이 없었다.

"스님, 이번엔 맞았지요?"
"아니, 나는 안 맞았느니라."
참 이상스럽기도 한 장난이었다. 놀고 있는 아이들을 불러 세우고 때리라고 하는가 하면 몇 대씩이나 맞고도 안맞았다고 우겨대니 그 속을 알 수 없는 일이었다.
"에이, 스님은 억지만 쓰신다. 내가 분명히 스님을 때리고 여기 다 지켜본 친구들이 있는데 안 맞았다고 우기기만 하시니……."
말을 하는 아이의 얼굴은 낭패감으로 풀이 죽어 있었다.
"원 녀석두. 아 내가 안맞았으니까 안 맞았다는 거지."
"에이, 누가 모를 줄 아셔요? 돈을 주기 싫으니까 그러시는 거죠?"
그러나 경허가 바랑을 내려 돈을 꺼내자 아이들은 일시에 경허의 일거수일투족을 살피고 있었다.
"허허허 그래그래 너희들 말도 맞느니라. 자 그럼 엿 사먹을 돈 줄터이니 엣다, 받아가거라."
"어어, 정말 돈을 주시는 겁니까?"
"자자, 너도 받고, 너도 받고, 다들 받아가거라."
경허는 바랑에 있는 돈을 꺼내 아이들에게 나누어주었다. 희색이 만면한 아이들은 혹 경허의 마음이 바뀔까 의심스러운지 서둘러 엽전 몇닢씩을 손에 쥐고는 뿔뿔이 흩어지고 말았다. 그러나 어찌 철없는 아이들이 경허의 마음을 알까, 아니 누군들 경허의 속마음을 눈치나마 챌 수 있을까. 어지러운 세상과 인연을 맺어 홀로 불밝힌 외로움, 제 스스로 타오르는 외로움을 어찌 안다 할까.

경허의 탄식과 외로움은 깊었으니 위태로운 나라 안팎의 형편과 점점 스러지듯 어려운 사찰들 그리고 굶고 헐벗은 백성을 대하는 자비와 연민의 마음이기도 하였으나 자신의 깨달음만으로 중생을 제도하지 못하고 주린 백성을 구제하지 못하는 무력감이기도 하였다.

경허의 탄식은 누구도 알 수 없게 깊고도 외로운 것이었다.

온세상 다 혼탁함이여, 나만 홀로 성성하구나
숲 아래 남은 세월 홀로 보내야하리

경허의 걸림이 없는 행동은 우리 역사상 최고의 고승으로 손꼽히는 신라 시대의 원효를 연상시키는 면이 있다. 원효가 의상과 함께 당나라로 유학을 가던 중 잠자리에서 달게 마신 물이 해골에 고여있던 썩은 물임을 알고는 깨달은 바 있어 중국 유학을 포기하였다는 이야기는 유명한 일화이다. 그 후 요석 공주와의 인연으로 승복을 벗은 원효는 스스로 소성거사(小姓居士)라 칭하며 백성들과 고락을 같이하는 한편 불교학자로서 많은 저술

　을 남겨 중국과 일본에까지도 큰 영향을 끼쳤다. 그러나 원효의 거리낌 없는 무애로 원효 자신 미친 사람 취급을 받은 것은 물론 종단과 신도로부터 신랄한 비난을 받았음은 말할 것조차 없는 일이다.
　'거리낌 없는 사람은 모두 한길로 생사에서 벗어난다(一切無碍人, 一道出生死)'는 화엄경을 실천한 원효의 파격은 술집에 드나드는 일이 예사였는가 하면 길바닥에서 악기를 타고 여염집에서 잠을 자기도 하였다. 그러나 불법을 전파하기 위한 원효의 발길은 옛 고구려, 백제에 이르기까지 미치지 않는 곳이 없었다.

　경허의 걸림이 없는 파격과 무애를 이해하지 못하는 것은 당시도 마찬가지였다. 그러나 경허의 무애행을 시기하고 질투하며 비방하는 데 그치지 않아 미워하고 또 불법에 어긋난다고 믿어 고통스러워하는 사람도 있었으니 관섭이라는 행자가 그중의 하나였다.
　평소 경허의 곡차와 안주를 준비해오던 관섭은 시키는 대로 하면서도 경허의 행동을 못마땅해 할 뿐 아니라 불법에 맞지 않음을 들어 몹시 고통스러워 하였다. 더구나 진정한 불법에 달하지 못한 스님들이 간혹 경허의 무애를 흉내내어 행동거지를 함부로 하고 다니는 것을 본 관섭은 경허를 죽이는 길이 불법수호를 위한 길이라고까지 믿게 되었다. 호시탐탐 경허를 죽일 기회를 엿보고 있던 관섭은 마침내 기회를 포착하기에 이르렀다.
 어느날 관섭은 경허의 곡차와 안주를 사고 남은 돈으로 비상을 구하게 되었다. 비상을 안주위에 뿌려 경허에게 주기로 묘안을 낸 것이다.
 비상을 손에 넣은 관섭은 곱게 가루낸 비상을 안주 위에 뿌린 후 곡차와 함께 경허에게 갖다 바쳤다. 천연스런 행동이었다.
 경허에 대한 미움으로 인해 안주에 비상을 뿌려 바치긴 했으나 뒤를 돌아나오던 관섭은 덜컥 겁이 났다. 경허가 피를 토하고 죽어버리면 어쩌나 싶은 심경이었다. 그러나 여느때와 다름없이 관섭이 가져온 곡차를 마시고 안주를 집어든 경허는 안주를 입에 넣었다. 그리고 다시 꺼내 손으로 툭툭 털어낸 후 입에 넣고 달게 씹어 삼키는 것이었다.
 경허는 끝내 아무말 없이 비상이 뿌려진 안주를 일일이 손으로 털어낸 후 술을 동이째 마시고 안주 역시 한 점 남김없이 먹어치우는 것이었다.
 겁이 난 관섭이 문틈으로 경허의 모습을 내내 지켜본 것이었다.
 행자가 자기를 죽이기 위해 안주에 비상을 뿌린 것을 알면서도 아무 내색없이 맛있게 안주를 먹어치운 경허, 그리고 끝내 그 사실을 들어 관섭에게 이유를 묻거나 꾸짖지 아니하고 그곳을 떠날 때까지 곡차와 안주를 준비하는 시봉일을 맡도록 하였다.

경허는 이 일을 누구에게도 말한 적이 없었다. 늘 이 일로 죄의식을 느끼던 관섭이 후일 만공을 만나게 된 자리에서 이와 같은 사실을 털어 놓으며 참회했다고 전해진다.

이와 같은 일은 비단 관섭과 같은 행자에 한하지 않았다.
충청북도 속리산 법주사에 있는 스님 중 진하스님이 있었다. 뛰어난 강백으로 전국의 많은 납자들이 진하스님의 강의를 듣기 위하여 몰려 들었다. 그런데 평소 기행을 일삼는 경허를 못마땅하게 여긴 스님은 학인들 앞에서 경허를 비난하는 말을 즐겨 하였다. 또한 언제고 기회가 주어진다면 경허 같은 스님은 한번 혼이 나야 한다고 부추겨 학인들 또한 같은 생각을 갖기에 이르렀다.
그러던 어느날 경허가 우연히 법주사를 가게 되었다. 바람처럼 구름처럼 떠도는 운수행각 중이었다.
오래 전부터 기회가 오기를 기다리던 학인들은 절문에 들어서는 사람이 경허라는 것을 확인하자 머리를 맞대어 경허를 봉변 줄 계획부터 짜고 있었다. 그러나 또한 이것을 눈치채지 못할 경허가 아니었다.
형세가 자못 험악해져갈 즈음 큰 방에 앉는 즉시 경허는 느닷없이 사자후를 토하였다. 그 소리가 어찌나 큰지 법주사 입구부터 경내에 울리지 않는 곳이 없었다.

"자고로 종사(宗師)가 선사(禪師)에게 이런 법이 없거늘!"
이 한 마디의 법문에 당대의 강백 진하스님은 그만 아찔하였다.
평소 경허의 무애행을 못마땅하게 여긴 진하스님은 경허를 보자 단번에 큰스님을 알아보지 못한 자신을 나무랐으며 경허를 골탕먹일 계획을 짜고 있던 학인들을 설득하기에 바빴다. 뿐만 아니라 경허가 법주사에 머무는 동안 시간이 나는 대로 법문을 청해 듣고 자신이 직접 준비한 곡차와 안주를 올리기에 정성을 다하였다.

15
여자를 내치지 않으면
나를 내쫓겠다고?

경허의 나이 오십이 된 1898년 겨울 어느날, 찬바람이 무섭게 불어젖히고 희끗희끗한 눈발이 날리는 저녁 무렵 천장암을 찾아든 젊은 여자 하나가 있었다. 얼굴을 보자기로 감싼 여자는 두 눈만 보일듯 말듯 겨우 내놓은 채 초라한 행색이 걸인에 다름없었다. 추운 날씨 탓인지 종종 걸음 쳐 절문에 들어선 여자는 경내를 몇번 살피듯 두리번거리더니 경허의 방문을 두드렸다.

"여보셔요, 여보셔요."
"으음? 아니 밖에 누가 왔느냐?"
"여보셔요, 문 좀 열어주셔요."
"아니 대체 누군고?"

경허가 방문을 여니 여자는 온몸을 떨며 서있었다.

"스님 제발 저를 방안으로 좀 들어가게 해주세요. 추워서 얼어 죽을 것만 같아요. 예 스님."
 경허는 벌벌 떨며 서 있는 여자를 선뜻 방안에 들어오도록 하였다. 그런데 마침 시봉을 들던 사미승이 그 광경을 보고 말았으니 그는 눈이 솔방울만해져 만공에게 달려갔다.
 "스님 스님 저 좀 보십시오."
 "무슨 일인데 그러느냐? 왜 조실스님께서 날 찾으시더냐?"
 "아 아닙니다요, 그게 아니옵고―."
 "그럼 무슨 일인데 그러느냐?"
 "이 말씀을 드려야할지 어떨지 잘 모르겠는데―."
 사미승은 부리나케 만공에게 달려갔으나 막상 입이 떨어지지가 않았다. 출가한 수도자로서 가장 경계해야 할 것이 여색이요, 애욕이며 가장 무서운 장애가 성욕임은 부처 자신이 수차 강조한 것이기도 하였다. 그런데 분명 치마를 입고 얼굴은 보자기로 감싼 여자가 경허의 방에 들어가는 것을 보았으니 이는 결코 불문에서 있을 수 없는 일이었다.
 "아니 무슨 일인데 그러느냐, 어서 말해 보도록 하여라."
 "저 조실스님 방에 손님이 한분 들어가셨는데―, 실은 그 손님이 이상한 손님이라서요."
 "원 녀석두 손님이면 손님이지 이상한 손님이라니 그게 무슨 말이냐?"
 "여자 분이십니다."

"뭐? 여자!"

"쉿, 조실스님 방에까지 들리겠습니다."

"아니 그게 정말이더란 말이냐, 조실스님 방에 여자가 들어 갔다는 게, 틀림없이 보았더란 말이냐?"

"예, 제 눈으로 똑똑히 보았습니다. 치마를 입고 얼굴은 보자기로 가린 여자였습니다."

"네가 뭘 잘못 보았겠지, 설마 조실스님께서 여자를 방으로 들이시기야 하겠느냐."

"정 저를 그렇게 못 믿으시겠거든 직접 가보시면 알 것 아닙니까?"

"쉿! 가만가만 얘기하라더니 네가 더 큰 소리를 치면 어떡하느냐? 내 은밀히 알아볼 터인즉 너는 이 말을 누구에게도 발설해서는 안될 것이니라."

"그런 염려는 하지 마십시요. 소승 비록 나이는 어리지만 입하나 무겁기는 맷돌입니다요."

"예끼 녀석, 그런 녀석이 금방 또르르 달려와 나한테 일렀느냐?"

"에이 그거야 그럼 제가 누구한테 상의를 해올리겠습니까?"

"알았다 알았어! 내 가서 알아보고 올테니 누구한테고 절대 이르면 안된다."

경허 조실스님의 방에 여자 손님이 들어갔다는 말을 들은 만공은 설마하는 마음으로 경허의 방에 다가가 살며시 귀를 기울였다. 그런데 어떻게 인기척을 들은 경허가 소리쳐 불렀다.
 "밖에 분명히 누가 와 있으렸다?"
 "아니!……"
 "왜 대답이 없느냐?"
 "예, 저 소승이옵니다. 스님, 손님이 오신 것 같다기에……"
 "내 그렇지 않아도 부르려던 참이었느니라. 가까이 오너라."
 "예, 차라도 끓여 올릴까요 스님?"
 "차는 끓일 것 없고 저녁상을 봐와야 할 것이니라."
 "아 예 알겠습니다, 스님."
 "그리구 내 미리 일러둘 것이 있으니 명심해서 어김이 없어야 할 것이니라."
 "예, 스님 분부 내리십시요."
 "내가 따로 허락하기 전에는 내 방에 들어오지 말 것이며, 방문 앞에서 기웃거리지도 말 것이며, 방안에서 하는 이야기를 엿듣지도 말아야 할 것이니라."
 "예 스님, 분부대로 하겠습니다."
 "공양상이 준비되었거든 방문 앞에 갖다 놓고 돌아갈 것이요, 내일 아침 상은 겸상으로 차려서 가져와야 할 것이니라."
 "하오면 스님, 손님께서는 오늘 밤 여기서 묵고 가시게 되옵니까?"

"그러기에 아침 공양을 준비하라 이르지 않았느냐?"

"아, 예 죄송합니다. 스님."

"내가 왜 이렇게 엄히 분부하는지 짐작을 하겠는가?"

"아 아니옵니다, 스님. 소승은 그저 조실스님 분부대로만 지키겠사옵니다."

"내 방에는 지금 젊은 여자가 손님으로 와 있느니라. 그리 알고 내가 이른 대로 어김없이 시행해야 할 것이니라. 알겠느냐?"

그러나 제자 만공은 경허의 말을 듣는 순간 그만 눈앞이 캄캄해졌다.

'아 이 일을 어찌하면 좋단 말인가. 술을 드시질 않나, 옷을 훨훨 벗어던지시질 않나, 이번에는 또 여색까지 범하실 모양이니 이를 대체 어찌하면 좋단 말인가? 나무아미타불 관세음보살.'

계율을 파하는 경허의 파격은 너무 과격하여 만공의 탄식은 더할 수 없이 깊어만 갔다. 한편 경허가 여자를 방에 들여놓고 여러날이 지나자 자연 절 식구들이 모두 그 사실을 알게 되었고 있을 수 없는 일을 지켜보던 일부 대중들은 마음이 흔들리기도 하였다.

마침내 그 사실을 알게 된 주지스님은 사실 여부에 상관없이 크게 노하였다.

"조실스님, 아침 공양상 갖다 놨습니다."

"알았으니 거기 놓았거든 물러가 있어야 할 것이니라."

"저— 조실스님."
"내 말이 들리지 않았단 말이냐?"
"잘 듣고 있사옵니다. 스님."
"그러면 애당초 내가 이른 말을 벌써 다 잊었단 말이냐?"
"하오나 스님, 주지스님의 저 독경소리가 들리지 않사옵니까?"
"독경소리라니?"
"저 조실스님 방에 여자가 있는 것을 주지스님도 알고 계십니다. 그리고 주지스님만 알고 계시는 게 아니라 여러 대중들도 다 알게 되었습니다."
"잘하는 짓들이로구나. 기왕이면 홍주는 물론이요, 충청도 일대에 소문을 쫙 퍼뜨리지 그랬느냐, 천장암 경허가 망령이 들어 계율을 어기고 여색까지 탐하고 있다고 말이다."
"하오나 스님."
"듣기 싫으니 썩 물러가거라."
"스님께서 노여워하실 일이 아닌 줄 아옵니다."
"그러면 정작 화를 내야 할 사람은 너희들이다 이런 말이렸다?"
"스님, 조실스님께서 아무리 경계를 넘으셨고 걸림없는 만행을 하신다 해도 이번 일은 백번 지나치신 것 같습니다. 혜량하여 주시옵소서."
"내 이미 너희들에게 일렀느니라. 마음을 넓게 쓰면 바다와 같

거니와 마음을 좁게 쓰면 바늘구멍보다도 더 좁은 것이라고. 그걸 벌써 잊었단 말이더냐."

"저희들 마음이 아무리 넓다 한들 어찌 지금 스님이 하고 계신 일을 모른 척 하라 하십니까 ?"

"나는 또 너희들에게 일렀느니라. 눈에 보이는 형상에만 집착하게 되면 번뇌망상에 사로 잡히게 되고 번뇌망상에 사로 잡히게 되면 큰 죄악을 짓게 된다고. 그걸 벌써 잊었단 말이냐?"

"하오나 스님은 저희들에게 이렇게 엄히 이르셨습니다. 계율을 어기면 지옥이 삼천 개라도 모자라느니라, 그러지 않으셨습니까. 스님?"

"알았느니라. 모든 것은 자작자수, 자업자득이니 나는 지옥에 가게 될 것이요, 너희들은 모두 극락에 가게 될 것이니 이젠 되었느냐?"

"아니되옵니다. 스님, 정말 이러시면 아니되옵니다. 스님."

하지만 경허는 만공의 애원에도 불구하고 여자를 내보내지 않았다. 그런 가운데 이미 열흘이 지나자 제자들은 도저히 더 이상 참을 수 없다 하여 분기하기에 이르렀다.

"스님 스님! 조실스님, 큰일났습니다요. 스님."

사미승이 달려와 애원하듯 경허를 불렀다.

"왜 그러느냐?"

"큰일났습니다요 스님, 대중들이 몰려오고 있습니다. 방안에 있는 여자를 내쫓지 않으면 조실스님까지 내쫓겠다 합니다요."
 "여자를 내치지 않으면 나를 내쫓겠다고?"
 "예, 저기 좀 보십시요."
 경허가 문을 열고 내다보니, 대중들이 몰려오는 부산한 발걸음 소리가 들렸다.
 안타까운 마음의 만공이 경허에게 간곡하게 청하였다.
 "스님 제발 부탁드리오니 이제 그만 여자를 밖으로 내치옵소서."
 "그래 내치지 아니하겠다면 나까지 이 절에서 내쫓겠다구?"
 "그러하옵니다. 스님."
 어느새 몰려온 제자 중의 하나가 경허에게 따져 물었다. 따져 묻는 태도가 여간 당당하지 않았다.
 "아무리 조실스님이시래두 세상에 이게 말이나 되는 소립니까? 술을 마시는 것만 해도 파계행위이거늘 이젠 여색까지 범하다니 세상에 이게 출가사문이 할 짓입니까요? 예?"
 두 눈을 지긋이 감은 경허는 제자들 앞에 우두커니 서서 아무 말도 하지 않았다. 그런데 바로 그때 방안에 있던 여자가 밖으로 나오는 것이 아닌가?
 "응 바로 이 여자로구만 그래! 응."
 대중들은 혀를 차며 웅성거렸다.
 "그렇습니다. 여러 스님네들, 제가 바로 이 스님 방에서 열흘

넘게 신세를 져온 바로 그 여잡니다."

"허허 이거 내가 지은 복이 이것밖에 되질 않으니 면목이 없게 되었소이다."

경허는 허허로운 얼굴이 되어 방안으로 들어가 문을 닫았다.

"아, 아니옵니다. 스님, 제가 열흘 동안 스님께 입은 은혜는 내생에도 다 갚지 못할 것입니다."

말을 마친 여자는 머리에 덮어 써 얼굴을 가리고 있는 보자기를 벗겨 내렸다. 그러자 여자의 문드러진 코와 이지러진 눈썹, 그리고 짓무른 살이 그대로 드러났다.

여자는 나병환자였던 것이다. 뿐만 아니라 여자의 곁은 심한 악취로 인해 다가갈 수조차 없었다.

"아니 세상에 이럴 수가!"

"아니 스님, 이게 대체 어떻게 된 일입니까?"

여자를 내쫓고자 몰려온 제자들은 순간 할 말을 잊었다.

"보시다시피 저는 몹쓸 병에 걸려 얼굴도 짓물려 터지고 코도 손가락도 발가락도 뭉개져버린 이런 여자입니다. 춥고 배가 고파 구걸을 나가도 모두들 더럽고 징그럽다고 피할 뿐 어느 누구도 찬밥 한덩이 주는 사람이 없었습니다.

그런데 이 스님께서는 제 언 몸을 녹여주시고 밥을 손수 먹여주셨으며 냄새가 나는 진물도 닦아주셨으니 평생 이런 호강은 처음입니다."

말을 하던 여자는 끝내 울음을 터뜨리고 말았다.
"스님, 저 세상에 가서라도 이 큰 은혜는 결코 잊지 않겠습니다."
여자가 눈물을 흘리며 천장암을 떠난 뒤 제자들은 경허의 방문 앞에 무릎을 꿇었다. 제자들은 어깨를 들썩이며 하염없이 뜨거운 눈물을 흘리고 있었다. 이윽고 방문이 열리고 경허가 밖으로 나왔다.
한손에는 주장자, 등에는 걸망 하나를 짊어진 모습이었다.
"스님, 이 어리석은 중생을 용서하여 주시옵소서."
"인연 없는 중생은 백년을 함께 살아도 아무 소용이 없느니라."
"스님, 떠나시면 아니되옵니다. 스님 제가 잘못했으니 차라리 저를 죽여 주십시요. 예 스님."
크게 잘못을 뉘우친 제자들이 땅바닥에 무릎을 꿇고 빌며 매달리는 바람에 천장암을 떠나려 했던 경허는 단 한발자국도 밖으로 나갈 수가 없었다. 하지만 다음날 새벽 천장암이 발칵 뒤집혔으니 경허는 이미 자취를 감춘 뒤였다.
만공을 비롯한 제자들은 경허를 찾기 위해 경허가 평소 자주 드나들던 사찰을 중심으로 행방을 쫓았으나 경허의 행방은 아득하기만 할 뿐 그해 겨울이 지나도록 소식조차 알 길이 없었다. 그러던 다음 해 봄 경허를 찾기 위해 백방으로 알아보던 만공은

서산군 부석면 취평리 도비산에 있는 부석사에 수염기른 스님이 있다는 얘기를 듣고 무조건 부석사로 달려갔다.
 "스님, 경허 큰스님, 천장암에서 온 소승 이렇게 무릎 꿇고 사죄드리러 왔습니다. 스님, 이제 그만 노여움을 푸시고 이 어리석은 중생을 거두어 주십시요. 예 스님—."
 그러나 방안에서는 대답이 없었다. 애가 탄 만공은 더욱 더 간절하게 애원을 했다.
 "스님 제발 그만 노여움을 푸시고 이 어리석은 중생의 미망을 거두어 주십시요. 스님"
 "네 이 놈! 아직 눈도 뜨이지 않고 귀도 트이지 않은 녀석이 스승은 찾아서 어디에 쓰자고 예까지 왔느냐?"
 "스님 막중한 죄 용서하여 주시옵소서."
 "일찌기 부처님께서도 이르셨거니와 나는 너희들 중생에게 걸어가야 할 길을 가르쳐줄 수 있을 뿐 길을 걸어가야 할 사람은 너희들 자신이니 너희가 걸어야 할 길을 어느 누구도 대신해서 가줄 수 없느니라."
 "용서하여 주십시요, 스님. 용서하여 주시옵소서."
 그러나 경허는 또 어디론가 떠날 행장을 차린 채 밖으로 나왔다. 한손에는 주장자 하나, 등에는 걸망 하나.
 순간 만공이 와락 달려들어 경허의 두 무릎을 끌어안았다.
 "스님 또 어디로 가시려 하십니까? 예 스님!"

"이번 길은 멀고도 머니 그만 놓고 비켜야 할 것이니라."
"아니되옵니다. 스님 소승도 따라모시도록 허락하여 주시옵소서."
"아니다, 귀찮아서 소용없느니라. 술을 한잔 마음 놓고 마실 수 있나, 여색을 마음 놓고 즐길 수 있나, 어서 그만 비켜라."
"아 아니옵니다 스님, 소승 앞으로는 스님 하시는 대로 그저 시봉만 잘 받들어 모시겠습니다."
"술을 사오라면 사오구?"
"예 스님."
"계집을 불러오라면 불러 오겠느냐?"
"예 스님."
"하하하하 눈이 열리고 귀가 열리고 마음까지 열려야 한소식 전하게 될 것이니라."
"예, 스님 명심하겠습니다."
"부산 동래 범어사까지 가야 할 것이니 서둘러야 할 것이니라."

16
소 등에 앉아서 무슨 소를 또 찾는고?

　1898년 경허는 만공 한 사람을 시봉으로 삼아 동래 범어사에 머물면서 영남지방 최초의 선원을 개설하고 참선수행을 가르치며 여름 한철을 지냈고, 다음 해인 1899년에는 가야산 해인사 조실로 초빙되어 국왕의 칙명으로 추진한 팔만대장경 간행불사를 증명하는 한편 해인사에도 수선사라는 참선모임을 창설하여 선불교의 수많은 씨앗을 영남지방에도 뿌리고 다녔다.
　바로 이 무렵 경허는 경상도 성주군 청암사 수도암에서 또 하나의 제자를 만나게 되었으니 그가 바로 한암이다.
　경허의 도반인 만우당은 당시 청암사에 조실로 머물고 있었는데 경허에게 『금강경』강론을 부탁하게 되었다. 경허는 오랜 도반도 만나고 바람도 쏘일 겸 만우당의 청을 흔쾌히 허락하였다. 청암사에는 많은 선객들이 정진하고 있었는데 한암도 그 중의 하나였다.

『금강경』은 『금강반야바라밀경』의 준말로 『금강반야경』이라고도 한다. 『금강경』은 반야 즉 지혜를 본체로 삼아 제법의 공과 무아의 이치를 금강의 견실함에 비유하여 설법한 경으로 불경 중에서도 가장 어려운 경에 속한다. 그러나 경허의 물 흐르듯 막힘이 없는 강론은 젊은 선객들의 미혹을 일거에 거두는 것이었다.

전국에서 몰려든 납자들 중의 한 사람이 한암이었다. 그는 경허의 『금강경』강의를 들으며 깨달음을 얻었는데 이때 그의 나이 24살이었다.

강(講)이 끝난 어느 하루 저녁무렵 경허가 머무르고 있는 객실로 한암이 찾아왔다.

"스님, 스님께서 소승의 눈을 좀 뜨게 하여 주시옵소서."

"두 눈을 뜨고 있으면서 다시 또 눈을 뜨게 해달라니 어리석기 그지 없구나."

"내 본성이 소라고 하여 일구월심 참선을 하며 찾던 중 절벽이 앞을 가로막았으니 보이는 것이 아무것도 없습니다."

"그대는 어찌하여 소를 타고 앉아서 또 소를 찾는고?"

"하오면 스님"

"일찍이 부처님께서 금강경에 이렇게 이르셨느니라. 무릇 형상이 있는 것은 허망한 것이니 만일 모든 형상 있는 것이 형상 있

는 것이 아님을 알면 그때 여래를 보게 될 것이니라!"
 "오! 스님, 이게 대체 몇 백년 만이옵니까?"
 경허는 죽비를 한번 내려쳤다.
 "거두어주셔서 감사합니다."
 경허와 한암은 이러한 인연으로 만나게 되었다. 이날 한암이 경허스님을 수도암에서 만난 것은 우리나라 불교를 위해 정말로 다행한 일이었다. 젊은 한암은 경허 대선사를 만남으로 해서 훗날의 선지식 한암스님이 되었다고 해도 틀린 말은 아니었다.
 경허의 막내 제자인 한암은 1876년 강원도 화천에서 태어났으며 속명은 중원이다. 경허가 한암에 대해 가지고 있는 애정과 신뢰는 각별한 것이었다. 경허는 한암에게 주는 글을 통해 한암의 성품과 행실이 질박하고 정직하며 학문 또한 높음을 칭찬하는데 망설임이 없었다. 한암 또한 경허에 대한 존경과 사모의 마음이 끝간 데 없이 깊게 사무치는 것이었다.
 한암은 어릴 때부터 명민하고 영특하였으며 한번 생긴 의문에는 끝까지 그 의문을 풀고 마는 집념을 보여주었다.
 아홉 살 되던 해 『사략(史略)』을 읽던 중 '반고씨(盤固氏) 이전에 누가 있었는가?'에 대한 의문을 풀지 못해 십여 년간 유가(儒家)의 모든 책을 섭렵할 만큼 대단한 집념이었다.
 22세 때 금강산의 명찰 장안사에서 수도를 시작한 한암이 즐겨 읽은 것은 보조국사의 『수심결』이었다. 그는 '수행하는 사람은 마음 밖에서 찾으려 하지 마라'는 구절을 통해 큰 발심을 얻었다.

한암이 도를 구하기 위해 입산한 지 3년째 되던 해 가을이었다.

그해 가을 여러 수좌들을 모아놓고 차를 마시며 담론하던 경허가 문득 이런 말을 하였다.

"옛 조사의 선요에 이런 대목이 있느니라. 어떤 것이 진실로 구하고 어떤 것이 진실로 깨닫는 소식인가. 남산에 구름이 일어나니 북산에 비가 내린다."

스승 경허의 밑도끝도 없는 말이었다.

"그러면 대체 이 뜻이 무엇이겠는지 어디 한번 대답해 보아라."

그러나 빙 둘러앉은 여러 명의 수좌들 중에서 이 질문에 대답하는 사람은 아무도 없었다. 바로 그때였다. 잠자코 차를 마시고 앉아 있던 한암이 문을 벌컥 열어젖히며 소리치는 것이었다.

"창문을 열고 앉았으니 와장(瓦墻)이 앞에 와있습니다."

스승의 마음과 제자의 마음이 통하고 스승과 제자의 도가 통하는 경지였다.

"하하하하. 이제 한암의 공부가 개심의 단계를 넘어섰구나, 응? 하하하."

경허의 이 한마디는 곧 한암의 깨우침을 정식으로 인가한다는

　통쾌한 선언이었으니 그 자리에 함께 있던 많은 수좌들은 그저 소스라치게 놀랄 수밖에 없었다.

　그해 가을을 청암사에서 『금강경』 강의를 하고 경허는 제자 한암과 함께 해인사로 돌아갔다. 경허와 함께 해인사에 도착한 한암은 선방에 들어가 수행을 하게 되었던 바 그곳에서 다시 큰 미혹과 맞닥뜨리게 되었다.

　선방에 들어앉은 한암이 미혹과 맞닥뜨리게 된 계기는 『전등록』을 읽게 된 데서 비롯되었다. 원래 『경덕전등록』인 『전등록』은 선승들이 읽어야 할 필독서이기도 하다. 한암은 이 『전등록』 중 약산과 그의 스승 석두가 남긴 선문답에서 풀리지 않는 무명을 만난 것이다.

　『수심결』을 통해 발심을 얻고 『금강경』을 통해 깨달음에 달했던 한암이 이제 『전등록』으로 인해 무명에 빠진 것이다. 그러나 한암에게 닥친 무명은 오히려 더 깊은 수렁과도 같은 어둠이었고 뻘 같은 무명이었다.

　스승 석두가 한가로이 앉아 있는 약산을 보고 물었다.

　"거기서 무엇을 하고 있는가?"

　"아무 것도 하지 않습니다."

　아무것도 하지 않는다. 일체불위(一切不爲), 이것이 한암이 타파해야 할 새로운 화두가 되었다. 그러나 스승 경허가 종적을 감추자 한암에게는 의지할 스승도 선지식도 사라져 버린 것이다.
 한암이 30세 되던 해, 통도사 조실로 들어간 한암은 그곳에서 5년을 지내면서도 끝내 화두를 타파하지 못하였다. 발심의 서원은 날이 갈수록 무뎌져 망상과 졸음, 혼침(昏沈)과 산란이 한암이 타파해야 할 화두가 되어버릴 때 그것은 한암에게도 다른 수도자와 마찬가지로 엄청난 좌절이고 시련이었으며 유혹이기도 했다. 그러나 한번 의문을 가지면 끝까지 그 의문에 대해 해결을 보는 한암의 집념은 '일체불위', 이 화두를 타파하지 못하면 죽어 마땅하리라는 결심을 하기에 이르렀다.
 마침내 선원을 폐쇄한 한암은 평안남도 맹산으로 떠나게 되었다. 두미산 서림사에 있는 우두암을 보임처로 삼은 한암은 오로지 '일체불위' 화두의 타파를 위해 용맹전진하였다. 그러나 화두는 진전이 없었다. 점점 더 큰 미혹에 더 깊은 무명에 빠져들 뿐이었다.
 계절이 바뀌어 여름이 되고 또 계절이 바뀌어 가을이 되었다. 한암은 일념으로 참구하였다.
 아무것도 하지 않는다.
 그해 겨울 한암은 부엌에서 불을 지피다 홀연히 깨달음을 얻었다.
 깊은 어둠 속에서 비로소 불을 지피듯 타오르는 진리의 빛을 발견한 것이다. 그것은 어떤 미혹조차도 용납하지 않을 큰 깨달

음인 동시 어떤 비바람에도 스러지지 않을 빛기둥이었다. 오랜 기간 캄캄한 무명 속에서 오로지 깨달음을 얻기 위해 목숨을 걸고 사투하듯 전진한 결과 대광명을 얻은 한암은 다음과 같은 오도송을 남겼다.

부엌에서 불 지피다
홀연히 눈 밝으니
이로부터 옛길이
인연따라 분명하네
만일 누가 달마스님이
서쪽에서 오신 뜻을
나에게 묻는다면
바위 밑 샘물소리
젖는 일 없다 하리.

활연대오한 후 묘향산, 금강산 등의 암자에 머물던 한암은 서울 봉은사 조실로 머물기도 하였다. 그러나 이미 일제하에 있어 나라의 주권을 앗긴 힘없는 백성들의 아픔과 힘 앞에 굴복하여 그들의 앞잡이가 되어 동족의 피를 빠는 무리들의 아귀다툼을 지켜보던 한암은 서울을 떠나기로 결심하였다.

'차라리 천고에 자취를 감춘 학이 될지언정 삼춘(三春)의 말

잘하는 앵무새의 재주는 배우지 않을 것이다'는 말을 남긴 한암은 1925년 강원도 오대산 상원사에 들어간 이후 입적할 때까지 단 한 차례도 산문을 나서지 않았다.

한암이 깨달음을 얻은 후 몇 차례 서신을 통해 법량을 나눈 만공이 한암을 찾은 것은 한암이 오대산에 들어간 후였다.

경허의 법제자로서 도반이기도 한 두 사람이 실제 만난 것은 두번째였으나 한암과 만공은 이미 서로의 법기를 알아보고 서로 격려하기에 아낌이 없었다. 그러나 상원사에 들러 한암을 만나고 돌아가는 만공을 배웅하던 한암에게 만공은 문득 돌멩이 하나를 주워 던져 버렸다.

이에 한암은 그 돌멩이를 주워 개울 속에 던져버렸다고 하는데 이를 보고 만공은 다음과 같이 말하였다.

"이번 행로에는 손해가 적지 않다."

17
법문은 술김에나 하는 것

경허의 법문은 수많은 대중들을 감화시키고 경허의 법력은 수많은 제자를 길러냈다. 수월, 혜월, 만공을 비롯해 한암, 혜봉, 침운 등 수를 셀 수 없이 많은 법제자들이 있고 남전, 진응, 제산 스님 등은 경허로부터 선학을 공부한 제자들이다. 제자의 어려움을 살펴 헤아리는데 경허를 따를 사람이 없고 엄하고 무섭기로 경허를 따를 사람이 없었다.

엄격한 자기 수양을 강조한 경허의 법문은 평이하고 쉬우면서도 깊은 뜻을 담고 있었다. 경허의 법문을 듣고 많은 사람들이 발심하기에 이르렀고 지표로 삼아 수양하였다.

"부처가 되려면 내 몸에 있는 내 마음을 찾아보아야 한다.
내 마음 찾으려면 몸뚱이는 송장으로 알고 세상 일이 좋으나 좋지 않으나 다 꿈으로 알아야 한다. 사람 죽은 것이 아침에 있다가 저녁에 죽은 줄로 알고 죽으면 지옥에도 가고 짐승도 되고 귀신도 되어 한없는 고통을 받는 것이니 세상 만사를 모두 잊어 버려라.

그리고 항상 내 마음을 궁구하고 보고 듣되 일체의 일을 생각하는 놈의 모양이 어떻게 생겼는가? 모양이 있는 것인가? 큰가, 작은가? 누른가, 푸른가? 밝은가, 어두운가? 의심하여 참구하되 고양이가 쥐잡 듯하며, 닭이 알을 품듯 하며 늙은 쥐가 쌀든 궤짝 쏠듯 하여 항상 마음을 한 군데 두어 궁구하여 잊어버리지 말라.

또한 의심하여 일을 하더라도 의심을 놓지 말고 지성으로 하여 가면 마침내 마음을 깨닫게 될 것이니 부디 신심을 내어 공부하라.

무릇 사람되기 어렵고 사람되어도 사나이되기 어렵고 사나이 되어도 출가 수행하기 어렵고 승려가 되어도 부처님 바른 법을 만나기 어려우니 그런 일을 깊이 생각하라."

천장암에 있을 때였다. 경허의 명성을 듣고 찾아온 사람이 있었다. 그 사람은 인근의 선비로 하루내 앉아 불법을 청하였다. 그러나 경허는 일체 말이 없어 법문을 청하던 선비는 끝내 그냥 돌아가고 말았다.

경허가 곡차를 즐긴다는 소문은 신도들 사이에서조차 이미 널리 알려진 사실이기도 하였다. 따라서 신도들 중에는 법문을 청하러 오면서 술과 안주를 준비하는 경우도 있었다. 하루내 말이 없이 앉아 있다가 그냥 돌아간 선비가 있는가 하면 신도가 준비한 곡차를 든 후에는 하루 종일이라도 법문을 하였다. 그것을 지켜보던 만공이 경허에게 물었다.

"스님께서는 만인 앞에 평등하여야 할 도인이신데 어째서 그렇게 편벽하십니까?"

경허는 웃으며 말하였다.

"여보게, 법문이라는 것은 술김에나 하는 것이지 맑은 정신으로는 할 만한 게 못돼."

곡차를 마신 경허의 법문에 모든 사람들이 귀를 기울여 듣고 감화되었다.

"경사롭고 다행스러운 마음과 용맹한 뜻을 발하여 옛사람이 가르침을 베푼 글에서 말하기를 노력하여 실행하고 혹 참선을 하든지 혹 염불을 하든지 혹 주력을 하든지 내지 육바라밀 법문에 이르기까지 여러 가지 도리를 마땅히 회광 반조하는데 힘써 마음 근원을 비춰 사무칠지니라. 가장 요컨대는 고요하고 청정하게 하는 두 글자를 잊지 말라.

청정은 곧 보리(菩提)요, 고요함은 곧 열반이다.

그러나 사무쳐 요달함에 미쳐서는 어찌 두 이름을 지적하여 열반의 절목을 삼을 수 있을까 보냐. 그러므로 이르기를 '그 바탕이 의지할 데 없음을 비추어 다하면 온몸이 대도에 합한다' 하니 그러면 만행이 비록 석자(釋子)의 일상 소행이라 하지만 지혜로 자성을 비추어 요달함이 없어서는 아니될 것이니라.

이른바 '갖추어 만행을 닦더라도 오직 무념으로 종(宗)을 삼으라' 하는 것이 이것이다. 앞에 5도(五度)의 행이 만일 지혜의 공력이 없으면 마치 장님이 험한 길을 가는 것과 같으니 어찌 그 근본이 이러한데 또한 저와 같겠는가.

또한 선과 악과 보리와 생사가 본래 둘이 아니며 과거 미래 현재가 원래 둘이 아니며 시방과 한 털끝이 둘이 아니다.

그러나 모든 법이 또한 일찌기 하나도 아니다. 1과 2를 그 누가 이름할 것이며 그 이름할 자는 누구인가?

이것은 도리어 천비산 중암(충남 대덕군 산내면 묘각사) 아래로다.

대저 불법은 별달리 이상한 것이 아니다. 실로 마음을 일으켜 힘을 써 행해 얻기를 마치 무거운 나무와 돌을 운반하는 것 같이 하거나 문무 기술을 배워 익히는 것과 같이 하는 것도 아니다.

또 이것이 하늘을 놀라게 하고 땅을 움직이는 특별한 작용도 아니요, 다만 이 망상이 본래 없는 것을 비추어 통달하면 마음

 바탕이 밝고 깨끗하여 편안하고 즐거워 아무것도 함이 없고 가볍고 무거움도 없으며 나고 죽음도 없으며 남을 것도 없으며 모자랄 것도 없어 대개 이 법이 이와 같으니 깨달은 자는 이러하고 미흡한 자는 그렇지 않은 것이 아니다.
 이러할 때를 당해서 이렇게 보림함이나 그러나 어찌 일찌기 이렇다 할 것이 있겠는가?
 대저 공부를 하는데 어찌 여러가지 명상으로서 배열한 뒤에 손을 대겠는가. 다만 이렇게 감히 묻는다.
 '다만 이뜻이 어떠한가?'
 '산과 물과 대지와 명암과 색공이니라.'
 '일찌기 이것이 명상(名相)이로다.'
 '네가 무엇을 불러 명상이라 하는가?'
 '지금에 생각이 일어나고 생각이 꺼져서 생사가 상속하노니 마땅히 어떻게 제거할 것인가?'
 '네가 무엇을 가지고 일어나고 꺼지는 생각을 짓는고?'
 '그러한즉 갈 데가 없음이로다.'
 '나의 화두를 도로 돌려오너라.'
 대저 출가한 사람은 먼저 그 안목을 바로 할 것이니 만약 눈이 바르게 되면 누가 감히 불법과 세법의 거래를 작하여 도리를 설명할까 보냐.
 그렇지 않다고 하면 천길의 절벽에 매달림이라. 푸른 대 누른

꽃과 꾀꼬리 노래와 제비 말이라.
　감히 묻노니 '현재 불성이 어디에 있는고?'
　성우(惺牛)는 '크게 웃고 일어난다' 하리라."

　범어사에서 해인사로 해인사에서 조계산 송광사로 거기서 또다시 화엄사, 천은사로 운수행각을 하던 경허는 이미 자신의 이름이 널리 알려진 것에 대해 스스로 부담을 느끼고 있었다.

　　안다는 것 얕은 소견
　　이름만 높아져서
　　세상은 위태롭고
　　어지럽기 짝이 없네
　　정말 모르겠구나
　　어느곳에 가서 몸을 감출까
　　어촌이나 주막집
　　어찌 숨을 곳이야 없으리오만은
　　이름을 감출수록 그 이름 더욱 새롭게 알려질까
　　다만 그것을 두려워하노라

18
안면도의 봄물이
푸르기가 쪽과 같구나

 1904년 2월, 해인사에서 인경불사를 매듭지은 경허는 천장암을 찾았다.
 2월이라고는 해도 아직 칼바람은 매섭기 그지 없었다. 더구나 인가를 벗어난 산속이야 더 말할 것도 없었다. 승복인지 속복인지 거렁뱅이와 다름없는 허름한 차림의 경허가 산문에 들어서고 있었다. 아직도 군데군데 풀리지 않은 얼음장 때문인지 구척 장신 거구인 경허의 걸음걸이는 위태로워 보이기도 했다. 멀리 보이던 천장암에 가까와지자 경허는 새삼 감회가 새로왔다. 청계사에서 동학사로 동학사에서 깨달음을 구한 경허가 철저한 보임 끝에 화두를 타파하고 오도가를 부른 곳이 바로 천장암이었다. 속가의 어머니 박씨와 주지로 있던 친형 태허스님, 그러나 지금 그곳에는 경허의 수법제자 만공이 보임하고 있었다.

"객승 문안드리오."
 "아니, 그런데 저기 들어오는 분이 누구십니까?"
 "아니, 경허 큰스님 아니신가?"
 "예에? 경허 큰스님이시라구요?"
 만공은 불쑥 나타난 경허의 목소리만 듣고도 한걸음에 달려 나갔다. 얼마만에 들어보는 스승의 목소리인가. 얼마나 안타깝게 기다리던 스승의 발걸음인가. 실로 육년 만이었다. 그러나 육년 만에 만난 경허의 행색은 말이 아니었다. 거렁뱅이와 다름없는 옷차림새는 차치하고 몰라보게 늙고 야윈 경허는 병색이 완연해 보였던 것이다. 단지 눈빛만이 불을 뿜듯 형형해 오랜만에 만난 스승을 보는 만공의 가슴을 뭉클하게 하였다.
 만공은 스승 경허에게 삼배하여 예와 경을 나타냈다.
 "그래, 견성을 했다고 하니 그 경계가 어떻던고?"
 "예, 도를 깨달음에 지혜가 명철하여 일체법을 하나도 모를 것이 없어 안다 하였으나 월면의 아는 바는 그렇지 아니하고 지혜가 없어 가히 한가지 법도 아는 것이 없고 또한 모를 것도 없사옵니다."
 "생과 사는 어떠하던고?"
 "다들 도를 깨달으면 살고 죽는 것이 없다 하였으나 월면의 아는 바는 그렇지 아니하여 혹은 살기도 하고 혹은 죽기도 하고 그러하옵니다."

"그럼 얻은 것은 무엇이고 잃은 것은 무엇이던고?"

"얻은 것도 없거니와 잃은 것도 없습니다."

이로써 더이상의 질문은 필요없었다. 만공이 그간의 공부와 깨달음을 낱낱이 아뢰자 경허는 흡족한 마음으로 만공의 깨달음을 인정하고 전법게를 내렸다.

"내 그대에게 만공이라는 법호를 내리고 불조의 혜명을 그대가 이어가도록 부촉하노니 부디 불망신지하라."

"예, 받들어 모시겠습니다."

"내 아무리 둘러보아도 사람이 없어 의발을 누구에게 전할까 걱정했더니 이제 만공 그대에게 전하니 마음이 놓이는구먼."

전법게를 내린 경허는 불현듯 주장자를 들어 한번 들어치며 말하였다.

"다못 이 날 말소리 이것을 또한 일러라. 이 무슨 도리인고?"

그리고는 다시 한번 주장자를 내려 친 후 다음과 같이 말하고 주장자를 내던졌다.

"한 번 웃노니 아지 못하겠다.

어느 곳으로 갔는고?

안면도의 봄물이 푸르기가 쪽과 같도다."

경허가 천장암에 머문 것은 열흘 남짓한 기간이었다. 제자 만공에게 전법게를 내린 경허는 올 때와 마찬가지로 온다간다 한

마디 없이 천장암을 떠났다. 제자 만공이 스승의 담뱃대와 쌈지가 낡은 것을 보고 새로 마련해 준 선물을 가지고.

경허가 스스로 행방을 감춰 입전수수하기 직전 동행을 권하였던 사람이 있었으니 막내 제자 한암과 경허가 가장 귀애하고 경허를 가장 따르던 만공이다.

경허는 해인사 퇴설당을 떠나며 늦게 얻은 제자 한암에게 동행을 권하였다. 그러나 스승의 간곡한 권유에도 불구하고 한암은 완곡하게 거절하였다. 스승 경허에 대한 존경과 사모는 불법진리에 못지않게 사무치는 것이기도 하였으나 가야 할 길이 다르다는 자각에서 경허와 뜻을 같이 하지 못한 것이었다. 이에 경허는 다음과 같은 글을 남겨 법제자 한암에 대한 스승으로서의 기대와 인간적인 애틋한 정을 드러내고 있다.

"나의 즐기는 성품인 즉 진세로 한 가지 그 빛을 다투어 진흙에 사무쳐 그를 드러냄 또한 얼마나 꼬리를 끌고 다니기 기뻐하였던가.

다못 스스로 절뚝절뚝 절면서 몰고 가는 이 소여. 지난 44개 성상의 광음을 지내던 중 우연히 해인정사에서 자네 중원을 만나보니 그 성품과 행실이 질박하고 정직하며 학문도 또한 고명하였네. 추울 때 함께 서로 만남이었는데 날은 이미 저물고 길 떠날 준비로 서로 헤어지게 되니 이는 아침 안개요, 저녁 노을일

세. 멀고 가까운 산이며 바다가 다 참으로 만남과 헤어짐에 회포를 흔들지 않음이 없는데 하물며 부생들이 늙음으로 바뀌어짐이랴.

아무리 수승한 인연이지만 다시 만나기 어려움인즉 슬프고 섭섭한 마음과 서로 다가오는 작별을 다시 어이하랴.

옛사람이 이르기를 '천하 사람으로 하여금 다 서로 아는 이 많지만 자기 마음 진리를 아는 자 능히 몇 사람이나 되는가?' 하였다.

슬프다. 은밀히 자네 중원과 마음이 통하게 됨은 나와 숙세에 다못 아는 바가 있었음이라. 그러므로 여기 한 귀절의 거친 이별의 글을 지어 후일에 잊어버리지 않을 보배로 삼으려 한다.

장차 가야 할 길 먼 하늘에 드리우고 떨친 날개
또한 느릅나무 가지를 향해 활개치기를 이 얼마나 하였던가
서로 헤어짐 오히려 그리 어려울 것은 없으나
저 부생들이 생각하는 바 뒷날 기약하기 아득하기만 하구나"

천장암을 떠난 경허의 발길이 다다른 곳은 오대산 월정사였다. 당시 월정사 방장으로 있던 유인명 스님은 경허에게 『화엄경』 설법을 청하였던 바 경허는 이를 받아들여 3개월에 걸친 법회를 열게 되었다. 『화엄경』은 『대방 광불 화엄경』을 줄여 이른 말로 석가가 도를 이룬 후 맨처음 설법한 가르침을 담은 경전으로 대

승 불교의 경전으로는 가장 중요하게 치는 것이다.

경허가 『화엄경』에 대한 강의를 한다는 소문이 퍼져 월정사에는 천여 명에 가까운 승속이 모여들었다. 이 자리에서 의연히 법좌에 오른 경허는 다음과 같은 법문을 펼쳤으니 무애의 경지가 다못 가이없는 것이기도 하였다.

"『대방 광불 화엄경』이라."

하더니 먼저 '대' 자에 대해 설법하는데 다음과 같았다.

"대들보도 대요, 댓돌도 대요, 대가사도 대요, 세숫대도 대요, 담뱃대도 대니라."

이어 '방' 자에 대해 설명하였다.

"큰 방도 방이요, 지대방도 방이요, 질방도 방이요, 동서남북 사방도 방이니라."

경허는 계속 법문을 이어 나갔다. '광' 자에 대해서는 이와같이 법문하였다.

"쌀광도 광이요, 찬광도 광이요, 연장광도 광이요, 광장도 광이니라."

다시 '불' 자에 대해 설명하였다.

"등잔불도 불이요, 모닥불도 불이요, 촛불도 불이요, 화롯불도 불이요, 번갯불도 불이요, 이불도 불이요, 횃불도 불이니라."

'화' 자에 대해 설명하였다.

"매화도 화요, 국화도 화요, 탱화도 화요, 화병(火病)도 화요,

화살도 화요, 『화엄경』도 화니라."

'엄' 자에 대한 설명으로는 다음과 같았다.

"엄마도 엄이요, 엄살도 엄이요, 엄정함도 엄이요, 화엄도 엄이니라."

끝으로 '경' 자에 대한 설명하였다.

"명경도 경이요, 구경도 경이요, 풍경도 경이요, 인경도 경이요, 안경도 경이니라."

상식을 타파하는 기상천외의 법문으로 강의를 시작한 경허의 『화엄경』은 심오 무변한 대의 진수가 3개월 동안 계속 되었다.

월정사를 떠난 경허가 찾아간 곳은 금강산이었다. 산문을 떠난 경허는 이제 한낱 시객으로 일만 이천 봉우리에 달하는 금강산을 유람하는 속인이었으니 스스로 일컬어 '병들고 머리 벗겨진 늙은이'에 불과하였다. 하지만 모든 것에 초탈하여 불법마저 벗어던진 수수입전의 경지에 이른 경허에게 승복에 목탁을 치고 염불을 외우는 일이나 속복에 금강산을 유람하는 일은 같은 일이었다.

스승 계허 스님을 만나기 위해 가던 길목에서 수많은 죽음과 만나 발심을 일으킨 이래 철두철미한 용맹정진으로 깨달음을 얻은 경허에게 이미 생과 사는 다름이 아니며 둘이 아니듯 승과 속 역시 둘이 아니고 다름이 아니었다.

경허는 금강산을 유람하며 175편에 달하는 연작시 [금강산 유람가]를 비롯해 [금강산 명구] [제헐성루(題歇惺樓)] 등의 시문을 지었으니 뛰어난 문학적 재능이 돋보이는 것으로 다음과 같은 시가 있다.

한 지팡이로 구름 위에 솟아 서너 걸음 걸어보니
푸른 산 흰 돌 사이마다 기이한 꽃들
화공으로 하여금 이 경치는 그릴 수 있겠지만
저 숲속에서 우는 새소리는 어쩔 것인가
산과 구름이 함께 희니
구름과 산의 모습을 가릴 수가 없구나
구름은 흘러 돌아가고 산만 홀로 남았으니
일만이천 봉

19
떠돌이 유생 박난주

　석왕사는 조선 왕조와 깊은 인연을 맺고 있는 사찰이었다. 경허는 석왕사에 있는 오백 나한의 개분불사(改粉佛事)를 증명할 법사로 초대 받았다. 조선을 건국한 이성계는 자신의 왕업을 도와준 성자로 오백나한을 봉안하였으나 세월이 흐르며 오백나한의 몸에 칠한 물감이 벗겨지고 낡아 새로 칠한 불사에 경허를 초대한 것이다.
　오백나한의 개분불사를 증명한 경허는 온다간다 말 없이 홀연 종적을 감추었으니 이로써 경허는 경허라는 자신의 법호마저 버린 것이다.
　전라도 전주에서 태어난 이래 영남과 호서 지방만을 돌던 경허가 오대산, 금강산을 거쳐 북으로만 향했던 것은 무슨 연유에서일까. 어디 가서 몸을 감출까, 스스로 얕은 소견으로 이름이 널리 알려진 것을 한탄하던 경허가 마땅히 숨을 곳이라곤 아무도 자신을 알아볼 수 없는 곳이어야 한다고 생각했다. 그리고 아무래도 자신의 이름이 널리 알려지고 자신을 알아보는 사람이 많은 곳보다는 자신이 이름이 알려졌다고 하더라도 자신을 알아볼 사람이 없는 곳으로 가야 한다고 생각하였다.
 속과 비속이 하나인 경허에게 이미 산 속 깊이 자리한 사찰은 굳이 의미 있는 곳이 아니었다.
 북녘의 명산을 오르고 오르다 힘이 들면 쉬어가는 경허, 마을이 나타나면 밥 한술을 얻어먹고 저잣거리에서 얻어 마신 공술에 취해 춤을 추며 시를 읊는 경허.
 영변의 신시장을 지나며 경허는 스스로 구름과 학을 벗해 남은 생을 보낼 것을 다짐하였다.

　시읊는 소리 술 기운 올라
　영웅호걸이 아닌가
　첫시장 한복판에 나그네 정 보내는구나
　큰 물은 흘러흘러 천리나 달려가고
　웅장한 봉 뾰죽뾰죽 벼랑마다 절경인데
　하늘에 훈훈한 도덕 누가 능히 쳐다볼까
　바다처럼 많은 문장 울리기를 바라지 않네
　괴로운 영화 명예 모두 다 떨쳐 버리고

스스로 구름과 학을 벗하여 남은 생을 지내리

경허의 유랑은 계속 되었으니 다음과 같은 시문에서 경허의 행적과 심경의 일면이 드러나고 있다.

술 파는 늙은이와 장사치
노인들이 늘어서 있는 곳에
자취를 감추는 것 본래부터 본분인 것을
저물기 전에 빨리 가자 표범이 내려 올라
깊은 가을 찬바람에 기러기떼
북에서 날아오고
금과 옥을 탐하지 않음 인간의 보배로세
또한 연하를 잊는 세상 밖의 한가람이랴
초탈한 무의 경지 스스로 얻었거늘
지난 날 깊은 이치 탐구하던 연유로다

북방을 유랑하던 경허가 북녁 땅 끝 함경도 갑산 강계 땅 장뚜루벌을 지나던 때는 1905년 어느날이었다.
강계군 종남면 한전동에 사는 시골 선비 담여 김탁은 경허보다 세살 아래인 54세의 지방 유지로 마침 고향 마을에서 십 리 거리에 있는 장뚜루벌에 와 있었다.

십 리라고는 해도 하루 해가 짧아 볼일을 마친 김탁은 돌아가기 위해 걸음을 서두르고 있었다. 그때 한쪽에 사람들이 몰려선 채 웅성거리고 있었다. 김탁은 발길을 돌리려다 말았다. 많은 사람들이 모여 언성을 높이고 있는 게 심상치 않아 보였다. 김탁은 모여든 사람들 틈을 헤집고 나섰다.
　"이런 놈의 영감은 죽여!"
　"나쁜 영감태기 같으니."
　아니나 다를까, 바닥에는 속인이라고 하기도 어렵고 스님이라고 하기도 어려운 남루한 행색의 노인 하나가 쓰러져 있었다. 그 노인을 향해 발길질을 하는 사람이 있는가 하면 서있는 사람들은 딱하는 듯 혀를 차기도 하였다.
　"이런 나쁜 놈은 죽여야 마땅하다구, 나이값도 못하는 영감 같으니라구."
　그런데 이상한 것은 노인이 발길질을 피하려 하지도 않고 매질을 피하려 하지도 않는 것이었다. 무슨 변명을 하거나 사정을 할 만도 한데 노인은 묵묵히 모든 상황을 감내하고 있는 듯해 보였다. 무슨 일인지 속사정을 알 수는 없으나 그냥 두었다가는 노인의 생명이 위태로워 보였다. 쓰러진 노인을 일으켜 세운 김탁은 살기등등한 사람들을 뜯어 말렸다.
　"아니 당신은 누구야, 이 노인네가 어떤 사람인 줄 알기나 해! 멀쩡하게 생겨가지고 아낙네를 희롱해!"

 매질을 하던 사람 중의 하나가 자초지종을 묻는 김탁에게 화를 내며 설명을 하였다.
 "허허 그렇기로소니 노인을 이렇게 몰매해서야 되겠소. 자 이만하면 할 만큼 한 것 같으니 그만 목숨만은 살려야 안되겠소."
 점잖게 타이르는 김탁의 말 탓인지 어느 만큼 때려 분이 풀린 탓인지 눈이 벌개서 매를 때리던 사람이 슬그머니 자리를 뜨자 몰려들었던 사람들도 하나 둘 흩어지기 시작하였다. 그때였다.
 "미친 놈이, 할 일이 없으면 그대로 제 길이나 갈 것이지, 괘씸하구나, 네 이 놈, 이 고얀 놈 같으니라구. 너는 남의 일을 제대로 알지도 못하고 어찌 삯 싸움이나 하며 쓸데없는 참견을 하는고?"
 매맞던 노인이 목청을 돋구었다. 금방 숨이 넘어갈 듯 위태로운 노인의 어디에서 그런 힘이 나는지 모를 일이었다.
 그러나 맞아 죽을지도 모르는 사람을 살려줘 고맙다는 소리를 듣기는 커녕 욕설 섞인 호령을 들으니 기가 막힐 노릇이었다. 적반하장이라더니 정말이지 적반하장도 이만저만이 아니었다. 기가 막히는 것도 잠깐 김탁은 화가 끓어올랐다.
 '아니 이 영감이, 어떻게 이런 일이 있을 수 있나?'
 그러나 한편으로는 이상한 일이기도 하여 그제서야 김탁은 노인을 눈여겨 바라보았다. 다시금 눈여겨 바라보니 초라한 행색이기는 하되 범상치 않은 풍채요, 드물게 보는 괴이한 걸물이었다. 김탁은 노인이 보통 노인이 아님을 알아보았던 것이다.
 "아이고 이거 제가 어른을 몰라뵈었습니다. 죄송합니다. 괜찮으시다면 저의 집 누처로 가시겠습니까?"
 김탁의 사과와 청을 받아들인 노인은 그날 김탁과 동행하였다. 그런데, 그 노인은 바로 석왕사에서 개분불사 증명 이후 홀연히 몸을 감춘 경허였다.
 노인의 신상에 대해 궁금증을 가진 김탁의 질문에 경허는 단지 다음과 같이 말하였다.
 "성은 박가에 난초 난(蘭)자에 배 주(舟)자, 박난주라 하거니와 그외의 것은 알 수도 없고 알 필요도 없지 싶소."
 길을 걸으며 법담을 나눈 경허와 김탁은 그날 집에 돌아와서도 밤이 새는 줄을 모르고 정담을 나누었으며 그날 이후 경허는 느닷없는 박난주로 변신의 묘를 보였다. 경허에게 매료된 김탁은 경허를 받들기에 정성을 다하였다. 부인 박씨와도 계수로 칭하고 아이들과도 허물이 없었던 경허는 예언을 하기도 했다.
 "계수님은 여기 강계에서만 살 분이 아니고 장차 충청도 수덕사 혹은 천장암 근처로 가서 살 것 같소이다."
 강계에서 수덕사가 있는 충청도 홍성까지는 얼마나 먼 길인가, 더구나 아무 연고도 없는 그곳에 박씨 부인이 갈 일이란 없어보였다. 경허의 말에 김탁과 부인 박씨는 의아스러움을 감추지 못하였다. 그러나 1919년 3·1운동이 일어나던 해 김탁은 중국에

망명하여 상해 임시 정부 요인의 한 사람으로 가담하였다. 부인 박씨 또한 경허의 예언대로 1945년 8·15 해방 후 장남을 비롯한 가솔과 함께 남하, 6·25가 일어나기 전 해 충남 보령 땅에서 임종을 맞이했다.

그 댁에서 유생 박난주로 변성명한 경허는 시흥을 돋구며 대자유인으로 유유자적 하는 나날을 보냈다.

　　의연한 처세 산봉처럼 양보치 않는데
　　낙화는 유수에 제멋대로 떠가고
　　외로이 간직한 보배
　　티끌 속에 묻힘을 알아줄 자 그 누구이더냐
　　사철 눈 속에 푸르른 소나무
　　풍설의 곤욕 방해롭지 않아
　　새로 사온 술단지에 꽃 향기 배어 있고
　　서재에서는 재주를 연마한 증거
　　빗방울 지듯 무르익었네
　　일해는 응당 선비의 마음을 아는가
　　방랑객끼리 서로 만나니 의사가 중중하여라

타향낙가(他鄕樂家)라는 말 그대로 경허는 머나먼 북계 타향 살이를 내 집 살림처럼 즐겼을 뿐만 아니라 이곳이나 저 언덕이나 영원한 고향으로 삼았다.

　1910년 한일 합방이 되면서 우리 백성은 주권을 말살 당하기에 이르렀다. 조정에는 친일파를 앞세운 국책이 그럴 듯한 명분을 얻어 시행됐고 거리 곳곳에는 두 눈을 부릅뜬 일본 경찰이 힘을 주고 다녔다. 특히 땅을 뺏기고 살 길이 막막해진 백성들이 북쪽으로 밀월하는 일이 많아지면서 강계, 회령은 점차 감시가 심해지고 있었다.
　하루는 비로관을 크게 만들어 머리에 쓰고 검은 장삼을 걸친 경허가 저잣거리를 지날 때였다. 짚신도 신지 않은 맨발에 경허는 한손에 담뱃대를 들고 다른 한손에는 시뻘건 고기를 주장자에 매달아 어깨에 메고 있었다. 9척 장신의 경허가 그런 모습으로 거리를 누비고 있으니 누구에게나 눈에 띄는 모습이었다.
　그때 마침 순찰을 돌던 헌병 보조원 두 사람이 기이한 행색의 경허를 불러세웠다. 큰 산적의 괴수쯤으로 여긴 그들은 다짜고짜 경허를 체포하고 결박하여 경찰서로 끌고 가려고 하였던 것이다.
　그러나 경허가 그렇게 만만할 줄 알았던 것은 서슬퍼런 그들의 오만이었다.
　"이놈들아, 그러면 너희들이 나를 메고 가라."
　경허는 그 자리에 질펀하게 주저앉고 말았다. 헌병 보조원은

 잠시 난감해졌다. 그렇다고 경허를 그냥 가라고 할 수는 없었다. 한 건 했다는 득의가 있었던 것이다. 그들은 주저앉아 딴청을 피고 있는 경허를 윽박질러 보았으나 경허는 눈하나 깜짝하지 않았다. 하는 수 없이 두 사람은 긴 장목을 구해왔다. 그리고 경허의 양 다리와 두 팔을 밧줄로 꽁꽁 잡아 매어 두 팔 양 다리 사이에 장목을 넣은 후 들쳐 멨다.
 두 사람이 땀을 뻘뻘 흘리며 헌병 파견대로 압송해 가는데 장목에 매달린 경허의 말이 걸작이었다.
 "흥, 그래도 내가 어지간한가 보구나! 하하하."
 땀을 뻘뻘 흘리는 두 사람의 어깨에 매달린 경허가 통쾌하게 웃어제끼자 헌병 보조원들은 약이 오를 대로 올랐다.
 "여보! 영감, 그게 무슨 소리요?"
 "나는 너희들이 이렇게 메고 가야지 내 발로 걸어 갈 수야 있겠느냐, 이놈들아! 하하하하."
 경허는 한참이나 웃어댔다. 더욱 화가 난 헌병 보조원들은 마침내 경허를 내려놓았다. 그런 뒤 손발을 꽁꽁 묶었던 밧줄을 풀어놓았다.
 "그럼, 걸어갑시다."
 두 사람은 경허의 발길을 재촉하였다. 경허는 못이기는 척 한참 가다가 우뚝 서버렸다. 그리고 다시 한참을 소리내어 웃는 것이었다.

"하하하! 하하하!"
"아니 이 영감이! 누구 약을 올리고 있나?"
경허는 분을 못이겨 씩씩대는 두 사람을 바라보며 일갈하였다.
"그래도 내가 어지간하다. 이놈들아, 내가 내 발로 걸어가야지 너희들에게 메어가서야 어디 되겠느냐?"
그때 죄인으로 잡혀온 경허를 독립군의 무슨 괴수나 산적 두목의 큰 죄인으로 여긴 일본 헌병 대장은 경허를 직접 취조하였다.
그러나 경허는 타이르듯 협박하듯 노회한 솜씨로 자백을 받아내려는 헌병대장을 묵묵히 바라보고만 있을 뿐이었다.
시종 묵비권을 행사하던 경허는 한참만에야 지필묵을 청했다. 기이하게 생각했으나 중대 사안이라도 나올 것으로 여긴 헌병대장은 지필묵을 갖다 주었다.
경허는 헌병들에게 양쪽 끝을 잡도록 하였다. 그리고 붓에 먹을 찍어 휘호를 써갈겼다.
"제행무상(諸行無常) 시생멸법(是生滅法)"
헌병 대장은 경허가 단번에 써갈긴 글이 무슨 뜻인지 알 수 없었다. 그러나 그런 그의 눈에도 범상치 않은 기운이 느껴지는 것만은 어쩔 수 없었다. 포효하는 호랑이와 같은 용맹, 날아오르는 용과 같은 힘찬 기상이 와닿아 어쩐지 모골이 송연해지는 느낌이었다.

 깜짝 놀란 헌병대장이 자세를 바로 하였다. 그리고 큰 절을 올렸다. 큰 도인임을 알아본 것이었다.
 "도사님, 죽을 죄를 지었습니다. 미처 알아보지 못했습니다. 알아 모시겠습니다."
 이 일로 강계 땅을 거렁뱅이마냥 떠돌던 경허는 이후 큰 대접을 받게 되었다.

20
천갈래 이는 회포
어찌 말로 다할 것인가

　경허는 김탁의 집에서 김탁의 부인 박씨의 시중을 받으며 가족처럼 허물없이 지냈다. 당시 경허가 머물던 김탁의 집에는 많은 선비들이 드나들었다. 그들은 나라 잃은 분을 술과 시로 달래며 서로를 위무하는가 하면 나라의 앞일을 도모하기도 하였다. 김탁을 비롯해 김영항, 김소산, 오하천 등이 경허와 친분을 쌓은 사람들이었으나 그외에도 김탁의 집을 거쳐간 사람은 수십명에 달하였다. 그러나 그중에도 김탁과의 교분은 각별한 것이었다.
　경허는 김탁을 공자의 수제자인 안회에 비유하여 시를 남기니 불가를 떠난 경허가 한암 이후 김탁을 속가의 수제자로 여기고 있는 심경의 일단과 한갓 떠돌이 유생으로 자처하는 심경이 엿보인다.

뜻 맞는 세 사람이 백벗보다 훨씬 나으이
우리 서로 앉아 취가를 부름도 무방하리라
안씨의 즐거움은 항상 가난함이었고
기우 비록 간절하나 노장인들 어찌하랴
가련타 부모 고향 하늘가에 먼데
청명한 이 봄철을 북쪽에서 지내본다
동풍이 뜻과 같아 꽃은 나무에 만발하고
저 강물 술이 되어 끊임없이 취했으면

그러나 김탁에게조차 경허는 제 전력을 밝히지 않았다. 아니 밝힐 필요가 없었는지 모른다. 스스로 저잣거리에 내려와 이름조차 감춘 경허가 신분을 밝힌다는 것은 이치에 맞지 않는 일이기도 하였다.

깊은 학식과 범상치 않은 행동거지, 눈빛까지도 유생 박난주가 보통 사람이 아님은 조금만 눈여겨 보면 누구나 알 수 있는 일이었다. 그러나 김탁도 그의 주위에 몰려드는 사람도 경허의 전력에 대해서나 과거를 캐묻는 사람은 없었다. 막연하나마 도인으로 알고 있었을 뿐이었다.

김탁의 집에 머물던 경허는 얼마 지나지 않아 갑산으로 옮겨 도하리라는 작은 마을에 거처를 정하였다. 거처를 정한 후 아이들을 모아 글을 가르치는 일을 했으니 접장노릇이었다. 낮에는 아이들을 가르치고 밤에는 선비들과 함께 나라의 장래를 걱정하며 술을 마시는 생활이 계속 되었다.

그때 마침 경허를 찾아 북쪽을 돌던 수월이 이 소식을 듣게 되었다. 당시 수월은 오대산 월정사에서 한암과 함께 정진하다가 묘향산으로 떠났다. 묘향산에는 보현사라는 큰 절이 있었는데 수월은 그 절에 딸린 암자에서 3년간 머물렀던 것이다.

묘향산은 평남과 평북의 경계를 이루고 있는 산이다. 예로부터 심산유곡의 많은 사찰에서 수행자들이 도를 닦아왔던 그곳에서 가장 큰 가람이 보현사였던 것이다. 고려 광종 19년인 968년에 창건된 보현사는 묘향산에 딸린 암자만도 삼백육십 개나 있었다고 하니 그 규모를 짐작하고도 남음이 있다. 수월은 그 중의 하나로 정상인 비로봉 밑에 자리한 중비로암에 머물고 있었다.

천장암에서 태허스님을 은사로 경허를 법사로 수월이란 법명을 받은 이래 수월은 경허의 맏상좌였던 것이다.

수월은 안변 석왕사에서 있었던 개분불사에 참석한 경허가 온다간다 말도 없이 사라져버린 뒤 어떠한 소식도 들을 수 없었던 스승의 안부를 늘 염려하였다.

그러던 차 수월은 9척 장신의 거구에 말술을 마시고 거침없는 행동에 박학다식한 도인이 떠돌고 있다는 소식을 들었다. 그 소리를 듣는 순간 수월은 직감적으로 그 주인공이 경허임을 알아차렸다.

　수월은 강계를 거쳐 갑산 웅이면 도하리에서 도하방이란 서숙을 열고 있는 경허를 찾아나섰다. 생각보다 어렵지 않은 일이었다. 박난주 라는 떠돌이 유생의 기이한 행적과 범상치 않은 모습은 강계, 갑산을 비롯해 혜산, 풍산까지도 널리 퍼져 있었다. 그것은 나라를 잃은 백성들의 설움과 무력감이 도인을 갈망하고 있기 때문이기도 했다. 실제 박난주라는 인물은 괴력을 행사한다는 소문까지도 떠돌고 있었던 것이다.
　수월은 김탁의 아내인 박씨 부인의 안내로 도하리 글방을 찾아갔다.
　마음은 바빴으나 발길은 더뎌 수년을 참아온 기다림이 새삼스러웠다. 글방에 당도하여 댓돌 위에 놓인 신발을 보자 수월은 왈칵 눈물이 솟구칠 듯하였다. 댓돌 위에는 스승 경허의 짚신이 가지런히 놓여 있었다. 수월 역시 스승 경허로부터 짚신삼기를 배웠고 먼훗날 만주 지방의 길목을 지키며 짚신보시를 실천함으로서 부처님의 자비와 스승에 대한 사모의 마음의 정을 더불어 드러냈던 것이다.
　실로 몇년 만이던가, 스승 경허의 그늘만으로도 넉넉하던 마음, 감히 범부가 따라가지 못할 한량없는 깊이와 가 닿을 수 없이 넓디 넓은 도량, 또한 우주의 이치를 두루 꿰고 있는 해박한 지식과 어느 한곳 막힘없이 탁월한 경전 해석, 도무지 걸림이 없는 무애, 수월의 경허에 대한 회상은 한이 없었으니 제자 수월의 정은 이렇듯 애틋하고 진한 것이었다. 그 스승을 지금 북녘의 외진 마을에서 만나게 된 수월의 마음이 벅차오르는 것은 당연한 일이기도 하였다.

수월은 사뭇 떨리는 가슴을 진정시켜 스승 경허를 불렀다.

"스님, 스님, 안에 계시옵니까?"

그러나 안에서는 기척이 없었다.

"스님, 안녕하십니까?"

그래도 방안에서는 대답이 없었다. 수월은 더 크게 경허를 불렀다.

"스님, 저 수월입니다. 대답 좀 하십시요. 스님."

그러나 묵묵무답, 경허는 가타부타 들은 척도 하지 않았다. 다시 한번 수월이 애타는 목소리로 경허를 찾았다.

"스님, 스님, 저 수월입니다."

그러나 한참만에 어렵게 운을 뗀 경허는 시치미를 떼었다.

"게, 뉘시라구? 난 그런 사람 모르오. 사람을 잘못 알았소이다."

"스님, 무슨 말씀이십니까? 다 알고 왔습니다. 스님 문 좀 열어 보십시요, 스님."

그러나 경허는 끝내 방문을 열어 제자 수월을 맞아들이지 않았다.

"난 모르는 사람이외다. 어서 가보도록 하시오."

　수월은 경허의 목소리를 듣는 것만으로도 가슴이 메어지는 것 같았다. 스승 경허를 만난 지가 얼마만이었던가, 얼마나 먼길을 경허를 만나기 위해 헤매고 다녔던가?
　경허는 자신을 만나는 것을 피하고 있는 것이었다. 그러나 이제 스승 경허의 뜻을 안 이상 스승의 뜻을 받들기로 하였다. 수월은 더 이상은 경허를 부르지 않았다. 그러나 발길이 돌려지지 않았다.
　수월은 몇 마디의 말로도 경허의 목소리가 예전 같지 않음을 알았다. 그리고 경허의 병색이 심상치 않음도 알 수 있었다. 스승 경허의 열반이 머지 않았음을 직감으로 알 수 있었다.
　스승을 위해 할 수 있는 일이 무엇일까? 아마도 지금 스승을 뵙는 것이 마지막일 것이라는 생각이 들었다. 궁리 끝에 수월은 경허를 위해 짚신을 여러 켤레 삼아 놓은 후 삼배하였다.
　이 일로 신비에 쌓였던 경허의 행적이 드러나는 계기가 되었다. 박씨 부인은 수월을 경허에게 안내하여 그 모습을 지켜보았을 뿐 아니라 집으로 모셔 경허의 낱낱을 듣게 되었던 것이다. 굳이 자신마저 피한 채 모른다고 잡아떼던 경허의 심중을 넉넉히 헤아리고 있는 수월이 소상히 경허에 대한 이야기를 했을 리는 만무하다. 그러나 경허가 깨달음을 이룬 대승이라는 사실 하나만으로도 김탁과 부인 박씨의 충격은 엄청난 것이었다.
　수월은 김탁 부부에게 경허를 잘 부탁드린다는 말과 함께 떠돌이 유생 박난주로 대해 줄 것을 당부하였다. 그리고 경허가 열반할 경우 만공이 있는 정혜사로 연락해 줄 것을 부탁한 후 길을 떠났다. 수월은 경허가 열반에 들기까지 회령, 경원, 명천 같은 곳을 떠돌며 마음 속으로나마 끝내 스승의 안위를 염려했던 것이다.

 수월이 경허를 찾은 것은 1911년 한겨울이었다. 1910년 한일합방이라는 민족적 치욕을 겪으며 나라의 주권을 잃은 우리 백성은 먹고 살기가 힘이 들어서 잃어버린 조국을 되찾기 위해 북으로 북으로 떠나는 사람이 많았다.
 그해 10월 압록강 철교가 완성되면서 북방은 일본의 대륙 전진기지로서 활발한 개발이 이루어지고 있었다. 또한 우리 동포들이 살고 있는 만주나 연해주를 발판으로 삼아 항일 운동을 하기 위한 단체가 곳곳에 생겨나기 시작하면서 그것을 눈치챈 일본의 탄압으로 백성들은 하루도 편할 날이 없을 때였다.
 수월이 스승의 목소리만으로 병색이 심상치 않음을 눈치챘듯 경허는 하루가 다르게 쇠약해지기 시작했다. 글방을 열어 아이들을 가르키는 접장노릇이나 밤이면 시를 읊고 국운을 염려하며 주고 받는 술자리는 변함이 없었으나 살을 에이는 북방의 칼바람에 어찌 마음 속은 다치지 않았을까.

천갈래 이는 회포 어찌 말로 다할 것인가
깊은 산 차가운 눈 글방 하나 외로워라
지난 해 청명 때는 강계읍에서 보냈는데
금년 섣달 그믐날은
갑산의 산촌에서 맞는구나
홀연히 고향 생각 꿈에 먼저 들어가고
기약없는 나그네길 슬픔을 잊어볼까
창 앞에 호롱불이 가물거릴 때
인적은 고요한데 이웃집 닭소리
몇번이나 들었던가

경허의 병은 날로 깊어지고 경허의 몸은 날로 쇠약해지고 있었다. 다만 두 눈의 광채가 경허의 병색과 나이를 잊게 해주었다. 그러나 북방의 강계, 갑산의 낯선 곳을 떠돌며 유생 박난주로 행세하고 접장노릇을 한 지도 어언 아홉 해가 되었다. 절뚝거리는 나귀에 자신을 비유하고 날개 꺾인 새로 자신을 한탄하는 경허의 시들은 경허가 느끼는 쓸쓸한 단상과 나라 잃은 울분을 그대로 드러내고 있기도 하다.

또 다른 시에서 경허는 거울을 들여다보며 느끼는 무상함을 나타내고 있다.

마음도 없고 일도 없는 책장 옆에서
반평생 쓰고 닳은 거울 안고 들여다보니
때는 삼월이지만 봄이 일러
아직 꽃은 아니 피었네
벼랑에 쌓인 눈은 여름에도 오히려 차가울 듯
세월이 하도 빨라 내가 벌써 늙었구나
편지조차 끊겼으니 그대 안부 염려되네
장부는 스스로 얽매이지 않기를 좋아하여
흥에 겨워 넓은 땅 찾아 어렵지 않게 다니네

1912년 4월 경허는 글방에 찾아온 김탁과 마주 앉아 있었다. 김탁의 앞에 경허는 자신이 쓰고 있던 담뱃대와 쌈지를 가리켰다. 그것은 다름 아닌 경허가 천장암에 들러 만공에게 전법게를 내려주었을 때 만공이 장만해준 것이었다.

"여보게 담여, 내가 죽거든 이 담뱃대와 쌈지를 함께 묻어주구려."

경허에게 소유란 개념이 있을 수 없다. 그런데 경허는 자신이 쓰던 담뱃대와 쌈지를 묻어달라고 부탁하는 것이다. 김탁은 의아한 생각이 들었다. 그러나 드러내지는 않았다.

경허는 자신의 죽음을 예견한 것이다.

4월 24일 아이들을 가르쳐 보낸 경허는 집 안팎의 잡초를 말

끔히 정리하였다. 며칠 전 내린 비로 집 안팎의 잡초는 한 뼘이나 되게 웃자라 있었다.

한 나절 내내 허리를 굽혀 그 일을 마쳤을 때는 어느덧 하루 해가 기울고 있었다.

"내가 많이 힘이 드는구나."

말을 마친 경허는 홀연 그 자리에 누워버렸다. 그러자 마을 사람들이 달려왔다. 경허를 부축해 방안에 들인 마을 사람들은 일어서지를 못하고 있었다. 평소와 달랐던 것이다.

마을 사람의 급한 전갈을 받고 김탁이 달려왔다. 김탁이 오자 마을 사람들은 자리를 피하였다. 옆에는 제자와 혈연을 대신해 외로운 이역의 거친 생애를 김탁이 지키고 있을 뿐이었다.

식음을 전폐한 경허는 말이 없었다. 앓는 신음소리조차 내지 않았다. 벽쪽을 향해 누워 있는 경허는 간혹 어깨를 움칠하였다. 밤이 깊어지고 있었다. 한점 바람조차 없이 사위는 조용하였다. 김탁은 심상치 않음을 느꼈다.

어느새 문풍지 사이로 희뿌염한 빛이 새어들어왔다. 날이 밝아 오고 있었다. 새벽녘이 되어 닭 울음소리가 들리자 밤새도록 미동도 않던 경허가 일어나 앉았다. 잠시 벽에 기대 앉아있던 경허가 김탁을 가느다란 목소리로 불렀다.

"여보게, 담여, 붓하고 종이를 좀……."

종이와 먹을 가져온 김탁은 경허의 손에 먹물을 듬뿍 묻힌 붓을 쥐어주었다. 그러자 벽에 등을 기댄 채 앉아 있던 경허의 어디서 그런 힘이 솟아오르는지 힘차게 붓을 찍어내렸다. 그러나 그것은 글이 아니었다.

동그라미, 하나의 둥근 원이었다. 경허는 이어 혼신의 힘을 다하여 글을 쓰고 붓을 내던졌다. 열반송이었다.

마음달 홀로 둥글어
그 빛 만상을 삼켰어라
빛과 경계 다 공한데
또다시 이 무슨 물건이리오

경허는 붓을 던져버린 후 그대로 쓰러져 열반하였으니 1913년 4월 25일 세수 64세, 승랍 56세였다.

경허가 숨을 거둔 것은 신새벽이 밝아오기 직전, 곧 날이 밝으며 붉은 해가 솟아올랐다.

김탁은 경허를 유교식으로 예를 갖추어 장례 지냈으며 경허 생전의 유언대로 담뱃대와 쌈지를 같이 관 속에 넣었다. 그리고 그간 경허가 쓰던 유품과 지은 시들은 별도로 소중하게 보관하였다.

그런 후 김탁은 일전 수월이 경허가 입적하게 되면 필히 정혜

사에 있는 만공에게 소식을 전해 달라는 부탁을 한것을 상기하였다.

 그러나 만공과 혜월이 경허의 열반 소식을 접한 것은 그로부터 1년 뒤, 계축년 7월 25일이었다. 경허가 열반한 지 1년하고도 3개월이 더 지난 후였다.

21
먹지 않는 소쩍새가
솥적다 한을 하네

　만공에게 전법게를 준 후 온다간다 말없이 사라져버린 스님, 어느날 문득 절문을 들어설 것만 같았던 스님, 그러나 스님은 끝내 소식이 없었다.
　한해가 지나고 두해가 지나고 다시 오년이 지나도록 스님의 소식은 들을 수 없었다. 혜월과 만공, 한암, 침운 등 제자들은 사방으로 경허의 소식을 알아보았으나 어느 곳에서도 경허의 소식을 들을 수는 없었다. 자유자재로 걸림이 없는 무애행을 몸소 실천하는 스님이기에 어느날 '여보게' 하고 나타날 것만 같았던 스님, 스님의 소식을 간절히 기다린 끝에 3년 전 수월로부터 경허가 갑산에서 머리를 기르고 떠돌이 유생으로 행세하며 접장노릇을 하고 있다는 소식을 어렵게 전해 들었을 뿐 자세한 소식은 알 수 없었다. 그러나 항상 마음 깊은 곳에 스님을 그리는 마음

이 있음은 만공이나 혜월이나 한암 모두 같은 것이었다.

어느날 혜월은 다급하게 쫓아와 만공을 찾았다.
"여보게, 이것 정말 큰일났네."
"아니 무슨 말씀이신가? 큰일이라니?"
"경허 큰스님이 열반에 드셨다네."
혜월의 목소리는 금방이라도 울음이 터질 듯하였다.
"뭐라고? 경허스님이 열반하셨다고? 언제 열반에 드셨답디까?"
만공의 가슴은 무너지는 듯했다. 이대로 스님이 가셨다니 있을 수 없는 일이었다.
"벌써 오래 되었다고 하네. 우리가 모르고 있었네."
열 네 살 동안의 어린 나이에 만난 스님, 경허는 많은 법제자 중에서도 특히 만공을 가장 귀애했다. 어질고 자상하기로 경허를 따를 사람이 없고 엄하고 무섭기로 경허를 따를 사람이 없었으나 만공에게 경허는 스승 이상의 살가운 정이 있었다.
"아니, 스님이 정말 열반하셨단 말인가?"
"그렇다네. 얼마전 김담여의 친척으로부터 전해온 소식에 의하면 삼수갑산 웅이방 도하동이라는 마을에서 지난해 사월 스무닷새날 열반에 드셨다고 하시네. 승려도 아니요, 속인도 아닌 모습으로 유랑하며 시를 읊고 아이들을 모아 가르치기도 하셨다고 하네."

 그토록 간절하게 찾던 스님이 먼 삼수갑산에서 비승비속의 유랑 생활 끝에 열반에 들었다는 소식을 만공은 그대로 믿을 수가 없었다. 더구나 스님이 열반에 든 지가 일년도 넘는다는 것을 생각하니 만공의 눈에서는 하염없는 눈물이 흘렀다.
 만공은 혜월과 함께 행장을 꾸렸다. 스님의 열반을 확인하기 위해 두 사람은 걸음을 재촉했다. 갑산에 도착한 두 사람은 수소문 끝에 김탁을 만나게 되었다. 그리고 김탁이 가지고 있던 유품을 본 순간 틀림없는 경허의 것임을 확인하였다. 혜월과 만공은 순간 스님의 유품을 손에 든 채 한동안 오열하였다.
 모든 것을 버리고 모든 것을 던진 경허가 이 북방까지 와 떠돌이 유생으로 지내며 느꼈을 스승의 정한이 제자 만공과 혜월의 가슴에 고스란히 전해져 왔다. 생전 한번이라도 자신들을 불러올 법도 하였으련만 평소에도 철저하기 그지없는 경허는 집앞까지 찾아온 제자에게조차 모른다는 말로 발길을 돌려 보내지 않았던가? 불법을 구하였으되 그 불법마저 벗어난 경허의 경지는 실로 해탈에 다름아닌 것이었다.
 만공은 스승 경허의 열반을 추모하는 추모송을 지었는데 스승에 대한 절절한 마음과 정곡을 찌른 표현으로 널리 알려져 있다.

 착하기는 부처님보다 더하고

사납기는 호랑이보다 더했던 분, 경허선사여!
천화하여 어느쪽으로 가셨습니까?
술에 취해 꽃속에 누워계시네

　만공과 혜월은 경허의 무덤을 찾았다. 봉분에는 허리께까지 풀이 자라 있었다. 두 사람은 봉분을 헤쳐 관을 꺼냈다. 관을 꺼내 뜯으니 시신은 이미 썩어 형체도 알아보기 힘든 터였다. 단지 그 옆에 만공이 선물한 쌈지와 담뱃대가 있어 시신이 경허임을 알 수 있었다. 두 사람은 한없이 오열하였다.
　살아있는 부처로 대선사로 많은 제자를 두고도 외로운 죽음을 맞은 경허의 모습이 새삼 크게 다가왔다. 경허는 끝내 부처를 버리고 절을 버리고 승려라는 신분까지 버렸다. 철두철미하게 자신을 버림으로서 수수입전의 경지를 이룬 경허, 두 사람은 경허의 시신을 화장하는 다비식을 거행하였다.
　만공은 다비식을 올리며 게송을 지어 읊었는데 이 게송에는 17년 전 공주 마곡사에서 경허가 만공에게 '눈 달린 돌사람이 눈물을 흘린다고 하였으니 이게 무슨 뜻인고' 하는 질문에 대한 답이 있었으니 '먹지 않는 소쩍새가 솥 적다 한을 하네' 란 구절이 그것이다.

　예로부터 시비가 여여하신 객이

난덕산에서 겁 밖의 노래 그치셨네
나귀와 말 태워 저문 이 날에
먹지 않는 소쩍새가 솥 적다 한을 하네

 경허의 다비식을 마친 만공과 혜월은 뼛조각을 남김없이 주워 분골한 후 경허가 즐겨다녔을 삼수갑산의 강과 산 그리고 들녘에 골고루 뿌렸다. 남김없이 자신을 불태운 경허의 서원은 다름아닌 조국 산천에 흙으로 바람으로 물로 떠도는 것이였겠기 때문이다. 멀리 소쩍새 울음소리와 만공과 혜월의 산좌송이 북녘 하늘 넓게 퍼지고 있었다.

 경허가 열반에 든 지 스무네해가 지난 1936년 만공은 당시 유명한 인물화가인 설산 최광익에게 경허의 초상을 그리게 하였다. 만해 한용운에게는 서문을, 막내 제자였던 방한암 스님께는 경허의 행장기를, 자신은 '경허법사영찬'이란 추모송을 지어 1942년 마침내 '경허집'을 책으로 펴내기에 이른다.

빈거울에는 본래 거울조차 없고
소를 깨달음에 일찌기 소도 아니로다
거울도 없고 소도 아닌 곳곳마다
산 눈 자유로이 술과 다못 색이로다

　이 추모송에서 드러내는 바 빈 거울, 즉 경허는 경허스님의 법호이며 소를 깨달음 즉 성우는 경허스님의 법명을 나타낸 것이다. 그러나 경허는 거울이 아니며 소가 아니다. 거울도 없고 소도 아닌 곳에 경허는 우뚝, 한국 선종을 부활시키고 맥을 이을 수많은 제자를 키워 큰산을 이루었으니 만일 경허가 없었더라면 이 강산은 얼마나 적막했을까.